VALSE LENTE
À
CEDAR BEND

DU MÊME AUTEUR
CHEZ POCKET

SUR LA ROUTE DE MADISON

ROBERT JAMES WALLER

VALSE LENTE À CEDAR BEND

ALBIN MICHEL

Édition originale américaine :
SLOW WALTZ IN CEDAR BEND

Traduit de l'américain par Anne Damour

ISBN 2-266-07496-2

À l'oiseau qui prend son envol,
flamboyant, dans les vents du sud.

I

QUINZE HEURES DIX-HUIT. Le *Trivandrum Mail* était à l'heure. Il émergea de la jungle et entra poussivement en gare de Villupuram, au sud de l'Inde, dans la touffeur de l'après-midi. Dès que le premier coup de sifflet avait retenti au loin dans les montagnes, la foule s'était peu à peu massée sur le quai, chargée de sacs, nattes, paniers, bébés et vieillards.

Appuyé à un mur de brique noir de suie, Michael Tillman se redressa et passa son sac de toile brune à l'épaule gauche. Une centaine de voyageurs tentaient de descendre du train. Dans le même temps, un flot deux fois plus nombreux s'efforçait d'y prendre place, comme deux rivières se heurtant de front. Il fallait se frayer un chemin de force, sous peine d'être rejeté en arrière. Une femme enceinte perdit l'équilibre dans la mêlée, et Michael la prit par le bras, l'aida à grimper sur le marchepied et se hissa d'un bond dans une voiture de deuxième classe au moment où le train s'ébranlait.

Dans un fracas étourdissant, lancé à pleine vapeur, le train quitta Villupuram. Pas un seul siège libre, à peine la place de se tenir debout. S'agrippant d'une main au filet débordant de bagages, tandis que le convoi s'éloignait des collines terreuses pour pénétrer dans l'étendue verdoyante des rizières, Michael sortit la photo de Jellie Braden de sa poche de poitrine et la contempla longuement, se remémorant pour la énième fois ce qui l'avait poussé à se lancer dans cette aventure.

Une histoire à dormir debout. Le rêve fou d'un homme parti avec son seul sac à dos, quittant l'Iowa pour plonger au cœur de l'Inde, sur les traces d'une femme. Jellie Braden... Jellie... Une femme qui appartenait à un autre. Mais Michael Tillman la voulait. Il la voulait plus que tout au monde, assez pour parcourir la terre à sa recherche. Cela ressemblait fort aux chansons que l'on entendait tard le soir à la radio.

Comment tout cela avait-il commencé ? Qui aurait pu le dire ? Et pourquoi ? Même réponse. L'éternel élan darwinien. Quelque chose d'élémentaire, venu du fond des âges. Une pulsion viscérale, génétique, lui soufflant : « C'est elle. » Une porte s'était ouverte dans une cuisine, là-bas, dans l'Iowa, et Michael était resté bouche bée en voyant Jellie

Braden, la quarantaine épanouie, en franchir le seuil.

On était en automne 1980 et le doyen de la faculté recevait chez lui le corps enseignant. À peine rentré d'un séjour en Inde, et encore sous l'effet du décalage horaire, Michael se tenait appuyé nonchalamment contre le réfrigérateur, savourant sa deuxième bière de la soirée. Il passait négligemment en revue les visages tournés vers lui, et répondait aux questions insipides qu'on lui posait sur l'Inde, supportant bon gré mal gré l'ennuyeux bla-bla universitaire autour de lui.

La femme du directeur financier avait pris la tête de l'interrogatoire. Michael lui consacrait 38,7 % de son attention, cherchant des échappatoires, sirotant sa bière pendant qu'elle parlait.

« La pauvreté ne vous a-t-elle pas horriblement choqué ?

– Quelle pauvreté ? » Il pensait à Conrad à ce moment, dont il relisait pour la troisième fois *Au cœur des ténèbres*.

« En Inde. Ce doit être insupportable.

– Non. J'étais dans le Sud, et la population m'a paru plutôt bien nourrie. Vous vous référez sans doute à ces émissions de télévision qui montrent les bonnes sœurs catholiques parcourant en clopinant les entrailles de Calcutta. » Elle avait sursauté au mot entrailles, comme si elle l'entendait pour la première fois, ou que l'image la dégoûtait.

« Avez-vous vu des cobras ?

– Oui, le charmeur de serpents du marché en avait un dans un panier. La gueule du reptile était cousue pour l'empêcher de mordre.

– Comment mange-t-il ?

– Il ne mange pas. Il finit par mourir. Ensuite l'homme aux serpents en trouve un autre qu'il coud de la même façon. C'est comme ça.

– Mon Dieu, c'est affreusement cruel, même si je déteste les serpents.

– Oui, les conditions de travail se détériorent partout dans le monde. Par ailleurs, cela ressemble fort à l'université. Nous utilisons un fil plus solide, c'est tout. »

Son interlocutrice lui adressa un sourire niais comme si elle se trouvait en présence d'un malade mental et poursuivit : « Avez-vous vu ces hommes nus qui ont de la peinture blanche ou je ne sais quoi sur le corps ? N'est-ce pas étrange ?

– Non, je n'en ai pas vu un seul. On les rencontre surtout dans le Nord, je crois. À Bénarès, ou Varanasi comme on dit maintenant, dans des endroits de ce genre. Étrange ou pas, je ne saurais le dire, tout dépend de votre perception du monde et de votre plan de carrière, je présume.

– Jellie Braden a séjourné en Inde, vous savez. »

Interrompant la femme du financier, le directeur du département d'économie comparée s'adressait à Michael.

« Qui ?

– La femme de Jim Braden. C'est le nouveau professeur d'économétrie que nous avons fait venir d'Indiana. » Michael entendit le bruit d'une porte de voiture qui se refermait dans l'allée. Son interlocuteur se retourna et regarda par la fenêtre. « Tenez, les voilà justement qui arrivent. Un couple charmant. »

Braden ? Braden... Braden ? Ah oui, Jim Braden. Il avait eu un entretien de recrutement avec lui six mois plus tôt, avant son départ pour l'Inde. Jamais rencontré sa femme. Le jour de l'entrevue, elle était sortie visiter des maisons avec un agent immobilier. Michael avait été tenté d'écrire sur le formulaire d'évaluation : « Type ordinaire, plus sérieux et ennuyeux que la moyenne. » Mais il s'était contenté d'inscrire : « Jim Braden convient parfaitement au poste », ce qui revenait au même.

James Lee Braden III entra dans la cuisine du doyen, sourire aux lèvres, serrant les mains, répondant aux présentations. Jellie Braden souriait elle aussi, dans un tailleur bleu pâle à veste courte ajustée sur une jupe à mi-mollet frôlant ses hautes bottes noires à talons. Le raffinement personnifié.

Mais pas uniquement le raffinement. Elle avait

tout pour elle. Un visage calme et patricien, reflet d'une longue lignée aristocratique, une chevelure noir de jais et un teint éclatant. Une silhouette dont un Français aurait admiré les *rondeurs* [1], que des écrivains courtois auraient qualifiée d'épanouie, et qui aurait transporté les chroniqueurs des magazines de charme. Des yeux gris qui vous transperçaient comme des traits, et une assurance avec les hommes indiquant qu'elle savait où résidaient les limites de leur pouvoir. D'où tenait-elle ce savoir ? Personne n'aurait pu le dire au premier abord, mais il n'était pas besoin de fréquenter longtemps Jimmy Braden pour deviner que ce n'était pas de lui.

Montrant une capacité d'attention limitée, le corps universitaire et les autres invités se lassèrent de l'Inde et attaquèrent la liste numéro deux des questions standard. Cette fois à l'intention des Braden, laissant Michael appuyé contre son réfrigérateur, perdu dans la contemplation de Jellie.

« Que pensez-vous de Cedar Bend ? »

« Êtes-vous complètement installés ? »

« Quels sujets enseignez-vous, Jim ? »

« Jellie – quel nom intéressant ! »

La femme du doyen s'approcha. « Bonsoir, Michael.

1. En français dans le texte. *(N.d.T.)*

– Bonsoir, Carolyn, quoi de neuf ? » Carolyn avait toujours apprécié Michael, malgré les réticences de son vieux doyen de mari qui souhaitait secrètement voir Michael prendre ses cliques et ses claques et aller se faire pendre ailleurs. Il touchait un salaire élevé, en grande partie à cause de ses quinze ans d'université, et Arthur Wilcox aurait préféré que quelqu'un d'un peu moins coûteux et de beaucoup plus souple occupât le poste.

Lors des réceptions de ce genre, Carolyn ne manquait jamais de venir bavarder quelques instants avec lui. Le déclin des sentiments amoureux était l'un de leurs sujets favoris. Quelques années auparavant, une nuit de Noël, elle s'était copieusement soûlée et lui avait dit : « Michael, vous êtes un homme, un vrai. Tous les autres ne sont que des couilles molles. » Il avait passé un bras autour de ses épaules, lui murmurant à l'oreille : « Joyeux Noël, Carolyn. » Par-dessus son épaule, il avait surpris le regard du directeur financier qui les observait. L'homme tenait à la main un jus de fruits et portait agrafée à son revers une étoile verte sur laquelle était inscrit au feutre rouge : « Hello ! Je m'appelle Larry. Joyeuses fêtes ! » Michael lui avait décoché un sourire complice.

Pendant un certain temps il avait appelé Carolyn la « Doyennette ». Le surnom avait tellement plu à Carolyn qu'elle s'était commandé un T-shirt avec le mot imprimé sur la poitrine, et l'avait arboré au pique-nique d'automne qui rassemblait les professeurs censés s'adonner au volley-ball et faire plus ample connaissance. Offusqué, Arthur-le-doyen lui avait interdit de porter le T-shirt par la suite.

Quand elle avait raconté l'histoire à Michael, il lui avait dit : « Qu'il aille se faire foutre. »

Carolyn s'était esclaffée. « Aucune chance. Arthur est victorien jusqu'à la moelle, complètement coincé. » En l'entendant lui faire cette réponse, la foi de Michael dans l'ordre naturel du monde s'était trouvée sérieusement ébranlée. Carolyn avait cinquante-trois ans, elle était encore séduisante et capable de s'embraser, soupçonnait-il. C'était vraiment gâcher la marchandise, à ses yeux. Comment en arrivait-on là, se disait-il, à cette incompatibilité dans les couples ?

Carolyn et lui bavardèrent pendant quelques minutes. Malgré lui, Michael portait son regard un peu plus loin dans l'assistance, attiré par la nuque de Jellie Braden, se demandant si ses cheveux étaient aussi épais qu'ils le paraissaient. Quel serait l'effet produit s'il les agrippait d'une main ferme et renversait leur propriétaire sur la table de la cuisine, brusquement, sans avertissement ? Il eut l'intuition qu'elle éclaterait de rire et lui céderait sans résister.

Carolyn Wilcox suivit le regard de Michael. « Avez-vous fait la connaissance de Jellie Braden ?

– Non, pas encore. »

Carolyn tendit la main et tira Jellie par la manche, l'arrachant au tourbillon de platitudes dans lequel elle était entraînée.

Jellie Braden se retourna. « Jellie, je voudrais vous présenter Michael Tillman. S'il existe un incorrigible rebelle au sein de cette université, c'est bien lui. En fait, il est ici le seul à pouvoir se prévaloir de cette qualité. »

Jellie tendit la main. « En quoi êtes-vous incorrigible, professeur Tillman ?

– Appelez-moi Michael, si vous n'y voyez pas d'inconvénient. J'ai horreur des titres. » Il accompagna ses paroles d'une moue ironique. La désinvolture avec laquelle il reniait les distinctions durement acquises au cours de neuf années passées dans diverses institutions la fit sourire. « À part ça, je crois être extrêmement facile à corriger, il n'y a que Carolyn et quelques autres pour penser le contraire. »

Carolyn lui tapota le bras et s'éloigna. Jellie Braden le regarda. « Jimmy m'a parlé de vous lorsque nous sommes venus la première fois à Cedar Bend pour ses entretiens. L'un des professeurs l'avait prévenu que vous étiez un original en quelque sorte.

– Blasé, peut-être. Beaucoup de gens ne font pas la différence.

– Si mes souvenirs sont exacts, il est sorti de son entrevue en disant que vous débordiez d'idées. Il l'a répété il y a quelques jours en ajoutant qu'il était impatient de travailler avec vous. Ce n'est pas l'impression que donne généralement quelqu'un de blasé. »

Michael se sentit soudain un peu oppressé, comme s'il manquait d'espace pour respirer. « On dit que vous avez vécu en Inde ?

– C'est exact. »

Il vit les yeux gris se détourner et regarder dans le vague, à la manière de quelqu'un dont l'esprit cherche à s'évader temporairement. Ce qui lui arrivait souvent, à lui aussi.

... L'Inde. À chaque fois, le mot éveillait en elle une foule d'odeurs et d'images chatoyantes qui se bousculaient dans sa mémoire, toujours les mêmes odeurs, les mêmes images – le parfum des jasmins dans la nuit du Bengale, des mains brunes sur ses seins, ses reins qui se cambraient, l'odeur de l'homme qui la pénétrait. Et ces mots en ces instants de douceur éphémère :

... ai-je jamais joué cet air auparavant ?
Pas dans une vie présente à mon souvenir.

... le rejouerai-je jamais un jour ?
Pas dans une vie à venir.

« Je reviens d'un séjour là-bas, dit Michael.

– Votre premier voyage ? » Elle sortit de son rêve et posa son verre sur la table de la cuisine.

– Le second. J'y suis allé la première fois en 1976. »

Elle sourit et inclina la tête. « J'ai remarqué le paquet de cigarettes dans votre poche. Peut-on fumer ici ?

– Hors de question. Mais nous pouvons sortir et écraser nos mégots dans l'allée du doyen. Ça le met en rage, et c'est un plaisir auquel je ne résiste pas chaque fois qu'il m'invite chez lui. »

Quelqu'un de plus conformiste que Jellie Braden aurait trouvé une excuse pour refuser la proposition. Plutôt de mauvais goût, surtout pour l'épouse d'un nouveau membre du corps enseignant. Mais elle tourna la tête vers la porte et dit : « Allons-y. » Tout le monde avait déserté la cuisine, car le doyen tenait, dans son bureau, une réunion requérant la présence de l'ensemble des invités.

Ils s'assirent sur les marches à l'arrière de la maison, et elle lui chipa une cigarette.

« Quand étiez-vous en Inde ? l'interrogea-t-il. Combien de temps y êtes-vous restée ?

– Il y a un certain temps. J'y ai passé trois ans. »

Elle restait volontairement évasive et il se demanda pourquoi. « Dans quelle région ?

– Dans le Sud-Est, principalement. À Pondichéry.

– J'en ai entendu parler. Une ancienne possession française, n'est-ce pas ?

– Oui. » Elle souffla la fumée de sa cigarette vers les azalées du doyen et n'ajouta pas un mot. « Vous vous y êtes plu ? insista-t-il. Question stupide. La réponse est oui, si vous y avez séjourné trois ans.

– Avec des hauts et des bas. Mais c'est oui dans l'ensemble. J'étais partie faire des recherches pour ma maîtrise d'anthropologie et j'ai été séduite par l'Inde. Je n'ai jamais terminé mon mémoire.

– Ça arrive. L'Inde divise les gens en deux catégories, ceux qui adorent et ceux qui détestent. Je fais partie du premier groupe. »

Ils étaient assis à quelques centimètres l'un de l'autre, et elle le regarda de haut en bas. « Moi aussi.

– Comment vous êtes-vous rencontrés, Jim et vous ?

– À mon retour de l'Inde, j'ai voulu rester à Bloomington, quoique n'étant pas étudiante. J'ai trouvé une place de secrétaire au département d'économie. Jimmy y était assistant, fraîchement émoulu de la faculté. Pur produit de la bonne bourgeoisie, il écrivait des articles sur des sujets ésotériques auxquels je ne comprenais rien mais que je tapais religieusement. C'était une époque de ma vie où j'étais un peu perdue, dans une impasse, si bien que le jour où il m'a demandé de l'épouser, je n'ai trouvé aucune raison valable pour refuser, et j'ai accepté. »

Michael écoutait attentivement ce qu'elle disait et la façon dont elle le disait. Elle avait épousé Jim Braden parce qu'elle n'avait trouvé aucune raison de lui dire non. Quelle curieuse manière d'envisager le mariage. Tout près d'elle, plongeant son regard dans ses yeux gris, il se laissa à nouveau emporter par ses fantasmes. Il l'imaginait s'envolant avec lui jusqu'aux Seychelles ; ils faisaient l'amour dans l'avion, en première classe bien sûr, et, à l'arrivée, plongeaient d'un seul élan dans un nirvana infini. Jellie Braden serait merveilleuse sous une cascade, dans la jungle, avec pour seul vêtement un hibiscus rouge dans les cheveux.

« Depuis combien de temps êtes-vous mariée ? »

Ces mots à peine prononcés, une voix intérieure grommela : Sombre crétin, Tillman, pourquoi poser pareille question ? En quoi ça te concerne ? C'est trop tôt – tu viens à peine de faire sa connaissance. Il se leva et écrasa comme prévu le mégot dans l'allée du doyen. Partout ailleurs, il l'aurait fourré dans sa poche. Mais chez le doyen, Michael se comportait comme un vieux chien, marquant son territoire, s'assurant de laisser derrière lui une trace qu'Arthur pourrait renifler.

Elle alla jusqu'à sa voiture et éteignit sa cigarette dans le cendrier. « Jimmy va faire un foin de tous les diables quand il s'en apercevra. Il a horreur de me voir fumer à la maison en sa présence. J'aurai droit à un sermon en partant d'ici, et il passera la voiture au désodorisant dès que nous aurons quitté les lieux. » Elle le regarda et se mordit doucement la lèvre inférieure. « Jimmy et moi sommes mariés depuis dix ans... Je crois que nous devrions rejoindre les autres à l'intérieur. »

Il dénoua sa cravate. « Allez-y. Je vais rentrer chez moi et finir confortablement la soirée en compagnie de Conrad.

– Je suis heureuse d'avoir fait votre connaissance.

– Moi aussi. À bientôt. »

Elle sourit. « Je l'espère. »

Quinze mois plus tard il était dans le *Trivandrum Mail*, en route vers le sud de l'Inde, vers des lieux inconnus, lancé à sa recherche.

II

ÉTÉ 1953, une région perdue appelée Dakota, le vent chaud qui vous colle les vêtements à la peau. Michael Tillman, quinze ans, plonge la tête sous le capot de la voiture d'Elmer Nixon, le banquier Elmer Nixon, directeur de la First National Bank à Custer. Son T-shirt remonté jusqu'au milieu du dos, hissé sur la pointe des pieds, il écoute le ralenti irrégulier du gros V-8, règle le carburateur, écoute à nouveau le moteur qui tourne rond et trouve son régime.

« Mikey, grouille-toi avec cette foutue Olds. Y a trois autres bagnoles à terminer. » Son père titube à travers le garage, une flasque de whisky glissée dans la poche arrière de sa salopette à rayures grises.

Dehors, aux pompes à essence, sa mère remplit le réservoir d'un camion de blé et s'essuie le front du revers de son bras. Il est quatre heures de l'après-midi, ce 7 juillet, à la station Texaco des

Tillman, un univers d'odeurs lourdes et de peinture sale et écaillée ; le grondement de la circulation sur la nationale 16 à quelques mètres ; les touristes, leurs bagages arrimés sur le toit, en route pour aller admirer les visages sculptés du mont Rushmore.

Se redressant, Michael ôte la toile qui protège l'aile de l'Oldsmobile et referme bruyamment le capot. Il sort la voiture en marche arrière de l'atelier, la gare sur le côté, reste là un moment, s'essuyant les mains à un chiffon. Un Sioux Lakota en bottes de cow-boy éculées, court de jambes, son visage grêlé ruisselant de sueur, attend quelqu'un ou quelque chose au bord de la route, peut-être des temps meilleurs.

Michael se dirige vers le distributeur de sodas, en retire un Coca-Cola enfoui dans la glace fondante. Il presse la bouteille contre sa joue droite, puis contre l'autre, la glisse sous sa chemise, frissonne au contact du froid sur sa peau chaude. Pas une goutte de pluie depuis des semaines ; les touffes d'herbe du désert roulent le long des talus.

« Bordel, Mikey... »

La voix de son père lui parvient, indistincte et déformée par l'écho à l'intérieur de la station. Il remet la bouteille intacte à sa place dans le distributeur.

Il se glisse au volant d'une autre voiture et la

conduit jusqu'à l'atelier. Sur la fiche de travail, sa mère a inscrit : « Graissage et vidange. » La Chevrolet s'élève sur le pont dans un ronronnement fatigué et il dévisse le bouchon du carter de la Bel-Air, propriété de l'avocat Dengen. Pendant que l'huile usagée se vide dans un vieux bidon, il contemple la nationale 16. Il suffisait de choisir la bonne route, c'était devenu une idée fixe.

Il se dirige vers la Vincent Black Shadow garée à l'arrière de la station, pose sa main sur le guidon. Son père a accepté la grosse moto anglaise en paiement d'une facture de réparation, promettant de la lui donner s'il était fichu de la remettre en état et de l'entretenir. C'est ce qu'il a fait et elle lui appartient désormais, physiquement et mentalement. Choisir la bonne route – la Shadow pourra l'emporter, le jour où il saura tout sur les soupapes, les pignons et les routes qui vous conduisent loin d'ici. Il y a un certain temps qu'il s'entraîne la nuit, parcourant les Black Hills à tombeau ouvert au guidon de sa moto, bien qu'il n'ait pas encore l'âge légal de conduire.

Les soirs d'hiver, pendant que la Shadow attendait le retour du printemps, il y avait les tirs en suspension décrivant leur parabole dans les lumières des gymnases de province. C'est là qu'on remarqua le fils d'Ellis Tillman, qu'on le jugea peut-être assez bon pour jouer dans l'équipe de basket-ball du lycée. Et le jour où, en classe de terminale, il marqua cinquante-trois points contre Deadwood, tout le monde en fut convaincu.

Dans les surprises-parties, les filles du lycée parlaient des garçons en gloussant. Elles disaient que Michael Tillman avait un regard brun et triste, et les mains pleines de cambouis. Elles disaient qu'il était solitaire, timide mais athlétique et qu'il était chouette dans sa tenue de basketteur. Elles disaient qu'il avait un gentil sourire, mais qu'il finirait probablement par s'occuper du garage de son père et aurait toujours du cambouis sur les mains. Il lui arrivait d'inviter l'une d'elles au cinéma à Rapid City, mais la plupart du temps il restait seul. Il travaillait à la station-service, pêchait la truite en été, s'entraînait au panier dans le parc municipal jusqu'à ce que son tir atteigne à la perfection. La Shadow, le basket-ball, l'algèbre et la géométrie euclidienne : quatre éléments de sa vie dans lesquels il excellait, qui possédaient la même trame élégante, et se suffisaient à eux-mêmes. Il avait moins de succès avec les filles, se sentait mal à l'aise dès qu'il y avait plus de trois personnes dans une pièce, et n'aimait pas les cours d'anglais où l'on décortiquait la poésie jusqu'à la réduire à néant.

L'affluence dans une salle, il s'en accommodait.

De même qu'il pouvait s'attaquer à la poésie de temps à autre. Mais il en allait différemment dès qu'il songeait au sexe féminin. Quelque part, il existait une femme avec laquelle il ferait l'amour pour la première fois. À quoi cela ressemblait-il ? se demandait-il, perplexe. Saurait-il la satisfaire ? Et comment s'y prendre quand on n'a pas d'expérience ? Pas évident. Parcouru de frissons, il avait lu un exemplaire de *Tout ce que les garçons et les filles devraient savoir sur le sexe,* que sa mère avait discrètement déposé sur un rayonnage de sa bibliothèque. Ni elle ni son père n'avaient jamais fait allusion à cet ouvrage. Comme pour tout le reste, il savait ne pouvoir compter que sur lui-même. Personne ne donnait rien à personne, pour autant qu'il pût en juger, sauf quelques maigres livres de poche dont on ne parlait jamais et qui n'avaient certes rien de romantique.

Grâce au basket, Michael découvrit un monde où la Shadow ne pouvait pas l'emmener. Par un soir de décembre 1960, Ellis Tillman collait son oreille à sa radio portative Zenith, s'efforçant de capter la station KFAB d'Omaha, Nebraska. La voix du speaker grésillait : « Pour... information... l'agent local du Farm Bureau. » C'était trop loin, la réception était mauvaise. Moins vingt-huit degrés à Custer à neuf heures quatorze (moins quarante-quatre avec le coefficient de refroidissement dû au vent) ! Au diable ces parasites ! Il invectiva la radio, et Ruth Tillman lui lança un coup d'œil par-dessus la table de cuisine. « Ellis, ce n'est qu'un match de basket, pas la fin du monde. Est-ce qu'ils ont dit autre chose à propos du genou de Michael ?

– Non, t'en fais pas. Il est costaud. » Ellis Tillman but une gorgée d'Old Grand Dad et se pencha à nouveau sur la radio. Il était fier de son fils. Les étoiles se déplacèrent ou les taches solaires disparurent, et la voix du speaker revint en accéléré :

« Le rouleau compresseur des Big Red est lancé à présent, écrasant les Wichita State Shockers, 83 à 68, et il ne reste que quatre minutes de jeu. Tillman remonte vers le milieu du terrain pour les Shockers, malgré son genou blessé qui l'a obligé à quitter la partie dans la première manche. Passe à LaRoux, retour à Tillman ; la pression est mise en milieu de terrain par les Big Red. Tillman feinte à gauche, monte à droite, LaRoux et Kentucky Williams font le mur pour lui... »

« Vas-y, enfonce-les, Mikey ! » Ellis tapa du pied sur le linoléum jaune et flanqua un coup de poing si violent sur la table au piètement chromé que la radio sauta en l'air. Ruth baissa les yeux sur son tricot et secoua pensivement la tête, se demandant ce qui se passait dans la cervelle des hommes pour les amener à un tel degré d'imbécillité.

À six cents kilomètres de là, à Lincoln, l'odeur du pop-corn et de la sueur, la foule qui hurle, l'entraîneur qui donne le signal de ce qu'il appelle le Tillman Special, et vous pivotez sur la droite, le coude en plein dans la figure du salaud qui vous accroche le maillot, vous filez à toute vitesse vers le double mur que dressent LaRoux et Kentucky, un flash jaillit à l'arrière de la ligne de touche, votre genou droit a doublé de volume sous l'effet de l'entorse... vous avez fait ça un million de fois auparavant... davantage encore... la puissance de vos jambes et de vos épaules, la grâce du mouvement, vous vous élevez haut dans l'air, la main gauche tenant en équilibre le ballon au-dessus de votre tête tandis que la droite le propulse en un long arc tranquille vers l'anneau orange usé jusqu'au métal aux endroits où la peinture s'est écaillée sous l'effet de millions de ballons... et le ballon passe au-dessus du cercle et glisse dans le filet, exactement comme il le faisait dans la cour de votre maison du Dakota du Sud, et la foule hurle encore plus fort, et vous atterrissez sur un genou qui cède comme un chiffon mou, vous vous affalez sur le sol avec Kentucky qui trébuche sur vous en voulant remonter le terrain...

et vous restez étendu là
et vous savez que c'est la fin

et vous êtes soulagé que ce soit fini.
Et à six cents kilomètres au nord-ouest
votre mère incline la tête.

Deux jours plus tard, Ellis Tillman reçut son exemplaire du *Wichita Eagle* par la poste. Il s'était abonné depuis que Michael jouait au basket et allait résilier son abonnement désormais. La page des sports portait le titre suivant :

LES SHOCKERS S'INCLINENT DEVANT LES BIG RED :
91-89

Tillman marque 24 points.
Une grave blessure interrompt définitivement sa carrière.

Il songea à découper l'article et à l'afficher dans la station-service avec d'autres coupures concernant Mikey. Mais Ruth Tillman ne voulut pas en entendre parler.

Les notes de Michael lui permirent de justesse d'entrer en deuxième cycle mais, une fois admis, il se mit au travail. Avec acharnement – pendant six ans, thèse comprise. À Berkeley, il se laissa pousser la barbe et tomba amoureux pour la première fois. Elle s'appelait Nadia, elle portait des bas noirs et des jupes longues et était originaire de Philadelphie, où son père dirigeait un syndicat. Ils vécurent ensemble pendant deux ans, dans les années soixante, à l'époque où Berkeley était le centre de l'univers, du moins le croyaient-ils.

Nadia s'enrôla dans le Peace Corps et voulut y entraîner Michael. « Nous devons donner quelque chose en retour », disait-elle.

On lui avait offert une bourse pour ses études de doctorat et il comptait l'accepter. « Je le ferai d'une autre manière », avait-il répliqué.

Il rasa sa barbe. Nadia fit ses valises et partit. Déçue, mais pas fâchée, elle s'en alla vers d'autres horizons. « C'est probablement mieux ainsi, lui dit-elle. Tu es fils unique et, si j'en crois ce que tu m'as raconté sur ton existence, plus ce que je sais après avoir vécu avec toi, je commence à croire que les enfants uniques sont destinés à vivre seuls. Du moins, tu l'es. » Elle s'adoucit. « J'ai été heureuse avec toi, Michael. »

Il sourit. « Moi aussi, j'ai été heureux avec toi. Sincèrement, Nadia. Tu m'as beaucoup appris. Ne nous perdons pas de vue. » Il l'embrassa, regarda deux ans de sa vie prendre la route dans un Greyhound, et se rendit au département d'Économie, où il remit sa lettre d'acceptation de la bourse. Il retourna à son appartement où flottait encore le parfum de Nadia, contempla les affiches de Lénine, d'Einstein et de Twain qu'elle avait fixées au mur. Elle lui manquait déjà, mais elle avait raison : il aimait être seul, il y avait été habitué. Les enfants uniques savent que la solitude sera leur sort, et ils passent leur vie à s'y préparer.

III

LE *Trivandrum Mail* ralentit, s'arrête, des mains tendent des fruits et du thé par les fenêtres en échange de roupies. Des moustiques entrent et sortent par les fenêtres en échange de sang. La sueur ruisselant le long du dos, couvrant son visage et sa poitrine, Michael Tillman contemple pour la énième fois la photo de Jellie Braden. Paysans qui pataugent dans les rizières, buffles attelés à des charges de bois le long des routes de terre, rien n'a changé. Un vol d'oiseaux accompagne le train sur une courte distance puis vire subitement sur l'aile. Un sifflement retentit, loin à l'avant, tandis que le convoi traverse en haletant un autre village.

Un visage se penche pour regarder par-dessus son épaule. L'homme sourit et montre du doigt la photo de Jellie : « Très jolie. Belle dame. »

Michael dit qu'elle est très gentille. La glace est immédiatement rompue et chacun alentour veut voir la photo. Ils la manipulent avec précaution, la font circuler, hochant la tête, dévisageant Michael avec un grand sourire.

« Ta femme ? » demande l'un d'eux.

Il n'avait jamais pensé à elle sous cet angle et il reste un instant silencieux. Puis sourit – « Peut-être, je ne sais pas » – et le train poursuit sa route dans la fin de l'après-midi, s'enfonce dans le soir violet.

Au bout de deux heures un siège se libère. Il s'apprête à le prendre quand il remarque la femme enceinte un peu à l'écart, celle qu'il a aidée à monter dans le train. Il lui fait signe de s'avancer. Elle le remercie d'un hochement de tête et s'assied. Peu après il sent quelqu'un le tirer par la manche. Deux Indiens lui font de la place sur leur banquette. Il cale son sac à dos dans le filet et se rencogne dans l'espace laissé libre.

La conversation s'engage, surtout par signes. Les deux hommes, des fermiers, rentrent du marché. Ils posent des questions simples et apprennent la profession de Michael. Et immédiatement, il a droit à la considération qui entoure les professeurs en Inde – respect, crainte, reconnaissance. « La plus haute dignité », dit un homme en anglais avec un fort accent, et les autres approuvent, souriant, opinant du bonnet. Peut-être a-t-il raison, se dit Michael. Vous acquérez une optique différente, un certain cynisme, lorsque vous exercez une profession depuis des années. Vous n'en voyez plus que les aspects négatifs, oubliant la beauté de ce qui vous est proche.

Il avait commencé ses études supérieures avec la belle ambition de devenir chercheur et professeur, la plus haute vocation de son point de vue. À l'âge de vingt ans, il se représentait les brillants étudiants qu'il guiderait à travers les dédales des théories économiques les plus avancées, avec peut-être un prix Nobel à la clé s'il poussait sérieusement ses recherches. Mais, pour une raison qu'il n'avait jamais élucidée, ses premières années d'enseignement à l'université avaient mis fin à ses rêves. Résultat peut-être de la trop grande importance accordée à la méthodologie, au recueil fastidieux des données et à leur analyse, le tout amplifié par les spécialistes en sciences humaines qui opéraient comme des physiciens, comme si l'opacité complexe de la réalité sociale pouvait être traitée de la même manière que l'étude des phénomènes naturels. Sans compter les étudiants eux-mêmes, intéressés par leur seule carrière, exigeant ce qu'ils appelaient « un enseignement utile » et ne montrant aucun intérêt pour cette abstraction qui lui était si chère, pareille à un ruisseau clair coulant à travers son cerveau. « Rien ne vous sera plus utile qu'une bonne théorie », leur disait-il. Ils ne le croyaient pas.

Il avait donné une petite conférence à la réunion

des professeurs de la faculté de management et d'économie. « Nous sommes intéressés, me semble-t-il, non pas à créer, mais à entretenir une situation existante, à préserver un mode de vie confortable que tout le monde nous envie. Si les contribuables découvrent un jour ce qui se passe entre ces murs, ils nous tomberont dessus. Nous sommes embarqués dans le même bateau que ces foutus étudiants : il n'y a pas d'autre choix pour nous que de coopérer, et pour eux d'obtenir leur diplôme. »

Deux têtes sur cent trente-sept avaient fait un signe d'assentiment, cent trente-cinq espérant que le doyen allait rapidement passer à la suite et parler des augmentations de salaire de l'année à venir. Michael s'abstint de toute autre intervention au cours des années suivantes.

C'est ainsi que le rêve s'était émoussé. Et Michael Tillman avait commencé à se replier sur lui-même, à s'occuper uniquement de ce qui avait une signification à ses yeux. Il s'efforçait de retrouver ses premières sensations, le vertige éprouvé autrefois devant cette immense étendue du temps et de l'espace, son émerveillement devant la magie évolutionniste qui l'avait fait naître lui, et non un autre, à ce moment précis dans un univers encore en expansion.

On le trouvait distant, ce qu'il était. On le trouvait arrogant, ce qu'il n'était pas, bien au contraire. Il avait simplement décidé de cheminer seul, de suivre sa propre route. Les gens prennent la réserve et le goût de la solitude pour de l'arrogance. C'est une étiquette commodément appliquée par ceux qui ne voient pas au-delà de la surface des choses. Il l'acceptait et les laissait croire ce qu'ils avaient décidé de croire.

Dans sa fonction de professeur, il était peu orthodoxe mais efficace. Les bons élèves l'appréciaient, les moyens le craignaient. Les plus mauvais évitaient d'assister à ses cours. Il n'était pas un aimable Mr. Chips, et ne le serait jamais, mais il respectait l'effort et la détermination, et passait de longues heures avec ceux qui avaient du mal à suivre ses cours. Et il réservait un mépris particulier aux plus doués qui traversaient sans effort leurs années d'études.

« Faites ce qu'il demande et tout ira bien, il vous massacrera dans le cas contraire, disaient de lui ceux qui préparaient leur doctorat. Il se balade pieds nus dans la salle, mais il connaît son affaire. »

Les étudiants de deuxième cycle pour leur part faisaient à son propos autant de commentaires favorables que de critiques :

« Les interrogations sont trop difficiles. Ne comprend pas les plus jeunes et la pression qu'exercent les parents. »

« Inspire de la crainte mais m'aide énormément en dehors des classes. Son cours est vraiment ardu. »

« Ses idées m'ont amené à remettre ma vie en question. »

« Peut paraître arrogant, se prend pour le nombril du monde. Personne ne peut être aussi intelligent qu'il en a l'air. »

« J'aime son approche [*sic*]. »

« Ferait mieux de se faire couper les cheveux et jure souvent sans raison. »

« Parfait durant les cours mais rarement disponible en dehors des heures de classe. Je travaille dans un supermarché pour payer ma bagnole et mes horaires ne correspondent jamais aux siens. »

« Sait de quoi il parle, mais vit sur une autre planète. »

« Un prof super. Un des deux ou trois meilleurs que j'aie jamais eus. »

Michael avait péniblement passé son doctorat. Les vingt-six points de son curriculum vitae lui avaient permis d'être titularisé en 1970, une semaine avant son quarantième anniversaire, et de devenir maître de recherches en 1978. Ensuite, il avait relevé la tête et pris un peu de recul, cherchant à retrouver l'émerveillement de ses jeunes années. On venait le voir pour lui demander comment avançaient ses travaux. « Rien de neuf, répondait-il. Je m'occupe d'autres choses.

– De quoi ? »

Ses réponses restaient vagues, énigmatiques, reflétant le flottement de ses pensées : « Je bricole en m'inspirant des travaux anciens de Jeremy Bentham sur le rapport plaisir/souffrance et sur ses applications aux problèmes de la démocratie contemporaine. »

Ça les arrêtait net. Il y avait un long silence au bout du fil. Puis : « Je vois. Dommage que vous n'ayez pas poursuivi plus loin vos premières recherches ; je crois que vous teniez là une piste. »

Sa vie s'écoulait ainsi, plus ou moins établie, satisfaisante en général mais entrecoupée d'accès de solitude qu'il aimait et détestait en même temps. Il avait son travail et la Shadow. Une femme de temps à autre. Jusqu'au jour où vint Jellie Braden.

Et maintenant le *Trivandrum Mail* s'enfonçait vers le sud, au cœur de l'Inde traditionnelle, immuable.

Le train fit halte en gare de Madurai à dix heures. Michael demanda où il pouvait loger, et le contrôleur lui indiqua un petit hôtel au bout de la rue en face de la gare. « Très propre, très agréable », dit-il. Michael lui fit confiance.

Dès qu'il eut franchi la porte, la scène s'anima soudain. La plupart des petits hôtels indiens sont faits pour les autochtones ; des visages blancs se présentent rarement au bureau de la réception. L'employé fut visiblement flatté par le choix de Michael et trois grooms furent chargés de le conduire à sa chambre, bien qu'il n'eût que son sac à dos pour bagage.

L'un d'eux se précipita devant lui, exécuta une longue glissade sur le carrelage et s'arrêta exactement devant la chambre de Michael dont il ouvrit la porte. Un autre parlait quelques mots d'anglais et lui annonça que le restaurant de l'hôtel était fermé, mais qu'il serait heureux de lui rapporter quelque chose à manger de l'extérieur.

Michael était sûr de pouvoir compter sur une omelette. Il demanda au garçon d'aller lui en chercher une, ainsi que du pain, du thé et du fromage ou du yaourt. Vingt-cinq minutes plus tard, le garçon revint avec le thé, le pain, le yaourt et une omelette de trois œufs. La provenance des œufs était sans importance à ce stade. De toute manière, Michael ne posait jamais cette question en Inde, quelles que fussent les circonstances.

Il mangea et se coucha. Un des garçons frappa à sa porte aux premières lueurs du jour, comme il l'avait demandé. Michael prit une douche froide, avala un thé et un bol de céréales avec du lait de chèvre, puis se mit en quête d'une voiture pour le conduire à un village appelé Thekkady, dans les montagnes, à l'Ouest. Le directeur de l'hôtel se fit un plaisir de l'aider, et une demi-heure plus tard, une Premier blanche, une de ces petites berlines typiquement indiennes, s'arrêtait devant la porte de l'hôtel.

« Il a un permis tout-Inde », dit le directeur.

Michael ne comprit pas exactement la signification de cette remarque, mais elle lui parut de bon augure. Le chauffeur s'empara d'un balai de paille de riz pour nettoyer le siège arrière, et ils se mirent en route à la recherche de Jellie Braden.

Le lendemain du jour où Michael avait fait la connaissance de Jellie Braden chez le doyen, l'automne rompit les amarres et cette vieille carcasse de collège se mit en branle. Michael enseignait du mardi au jeudi mais il se rendit à son bureau dès le lundi et régla diverses affaires. Il lut le courrier arrivé en son absence, afficha ses heures de présence, et modifia les horaires des quelques étudiants qui n'avaient pu obtenir les cours qu'ils désiraient. On racontait partout que « Tillman sait comment court-circuiter l'administration, va le voir si tu as besoin d'aide ».

Il pensait toujours à Jellie Braden. Aucune femme ne lui avait fait pareil effet depuis longtemps. Peut-être jamais. Non, pas peut-être... jamais. L'attirance physique était évidente, et probablement autre chose aussi. Il passa une nuit blanche à opposer pulsions primitives et sens du devoir, sans aboutir à rien.

Il débuta le mardi par son cours habituel : « Complexité et limites des politiques décisionnelles chez l'être humain », éblouissant ses étudiants par quelques exemples bien choisis de mathématique combinatoire. Un premier cours type, qui avait pour objet de démontrer qu'on n'était pas là pour rigoler. La plupart des professeurs se bornaient à distribuer des résumés de cours et à indiquer la direction des toilettes. Mais lui entrait dans la classe, fixait les étudiants et disait : « Nous commencerons par les systèmes complexes, une analyse des capacités limitées de nos propres cerveaux lorsqu'ils se trouvent confrontés à des possibilités infinies. »

Puis il se tournait vers le tableau noir et souriait dans sa barbe en les entendant sortir bruyamment blocs-notes et stylos qu'ils n'avaient pas prévu d'utiliser pendant ce premier cours. Michael Tillman, le bourreau des cours.

Le jeudi il recevait les élèves, comme il l'avait affiché sur sa porte :

Tillman
De 14 heures à 16 heures le mardi et le jeudi.
Sur rendez-vous les autres jours.

Au début du semestre, les amateurs étaient peu nombreux. Les étudiants paressaient, une bière à la main, et ne s'étaient pas vraiment plongés dans leurs livres. Le rythme s'accélérait généralement au bout de trois semaines, juste avant le premier examen. Il lisait, à moitié renversé dans son fauteuil, les pieds sur son bureau, la porte maintenue ouverte par un livre qui faisait l'éloge de la politique économique de Reagan, écrit par un des économistes du collège vantant la théorie de l'offre. Il avait coutume de choisir ses cale-portes avec un soin particulier et de les changer périodiquement, affichant ainsi au niveau du sol une sorte d'inventaire de la production littéraire de son entourage. Un coup discret à la porte, et son regard rencontra deux yeux gris : Jellie Braden, en jean moulant, pull rouge et chemise blanche dont le col pointait de travers, chaussée de boots qui avaient vu du pays. Ses cheveux noirs étaient rentrés sous une casquette de laine à courte visière.

Il n'avait pas pu véritablement apprécier ses longues jambes le dimanche précédent. La jupe à mi-mollet et les bottes qu'elle portait à la soirée du doyen masquaient en partie le bas de sa silhouette. Un sac rempli de livres pendait à son épaule gauche.

« Bonjour, Michael Tillman. J'allais rejoindre

Jimmy dans son bureau quand j'ai vu votre porte ouverte. »

Il ramena ses pieds par terre, jeta par-dessus son épaule la revue d'informatique qu'il parcourait. « Bonjour à vous, Jellie Braden. C'est gentil de me rendre visite. Entrez, venez vous asseoir un instant, on peut fumer chez moi.

– Volontiers. J'ai quelques minutes avant la fin du cours de Jimmy. » Elle donnait l'impression de ne rien avoir de mieux à faire pendant ces quelques minutes d'attente, mais il savait que ce n'était qu'une apparence.

« Jellie, vous ressemblez à ce que le bureau des admissions appelle une étudiante adulte, avec sac à dos et le reste.

– C'est exactement ce que je suis. Étudiante en tout cas. Pour ce qui est d'être adulte, c'est une autre question. »

Il fut sur le point de souligner les éléments qui démontraient sans ambiguïté à ses yeux son état d'adulte, mais il préféra n'en rien faire. « À quels cours êtes-vous inscrite ?

– Un cours sur les traditions des Indiens des plaines du nord de l'Amérique – les Américains indigènes, comme nous les appelons désormais. Un autre sur les techniques de fouille archéologique. Je ne suis pas encore parvenue à trouver un job, mais je n'ai pas l'intention de rester chez moi à regarder les feuilletons à la télévision. Qu'enseignez-vous ce semestre ?

– Un cours sur la prise de décision pour les étudiants de dernière année, et un cours sur les méthodes quantitatives pour ceux du troisième cycle. C'est le dernier truc à la mode, vous devriez vous inscrire.

– Je croyais que vous étiez un économiste ?

– Je le suis toujours, dans un certain sens. Mais depuis quelques années, je m'intéresse davantage aux sciences appliquées. C'est l'âge.

– Tout cela me paraît plutôt louche. Le but final est de faire de l'argent en trompant les consommateurs, je parie. »

Michael éclata de rire. « Faire de l'argent, peut-être. Tromper les consommateurs, non.

– Comment faites-vous la distinction ? C'est la même chose, pour moi.

– Bonne question. Mais je préfère ne pas y penser. Je suis comme les inventeurs de la bombe atomique ; je développe les connaissances, ce que le public décide d'en faire n'est pas de ma responsabilité. C'est de la foutaise, naturellement, mais cela m'empêche de tout plaquer lorsque je réfléchis un peu trop à ce que je fais.

– Bon, au moins avez-vous l'honnêteté de le reconnaître. Vous ne donnez pas vos cours en costume-cravate ?

– Non. Je le faisais au début. Mais cette saleté de craie fiche en l'air les meilleurs vêtements. De plus, le climat est trop froid en hiver pour venir ici en complet-veston. Impossible de m'habituer à porter des caleçons longs sous un costume à rayures. Comme disent les tailleurs, le tissu tombe mal. Jeans et pulls conviennent beaucoup mieux. Ça agace le doyen, mais tout ce que je fais l'agace plus ou moins, que ce soit intentionnel ou non. » Michael tapota son bureau avec la pointe de son crayon et lui sourit. « Un jour, je lui ai dessiné un uniforme, mais mon idée ne l'a pas emballé. »

Jellie lui rendit son sourire. « À quoi ressemble un uniforme de doyen ?

– À une combinaison de mécanicien agrémentée d'un maquillage du style " camouflage de directeur ", s'accordant au décor ambiant. Je lui ai dit : " Arthur, cela vous permettrait de rôder incognito et de vous assurer que nous ne dansons pas la rumba dans le hall d'entrée avec des couronnes de fleurs dans les cheveux. " »

Le sourire de Jellie prit un pli railleur. « Et quelle a été la réaction du doyen ?

– Il n'a rien répondu. Il a secoué la tête et il est parti. Mais pas avant que je ne lui explique comment associer l'uniforme à ce que j'appelle le " pas furtif de l'administrateur ", une sorte de dandinement à croupetons au ras des bureaux. Je lui ai fait une démonstration dans le hall et lui ai garanti qu'il pourrait exercer une surveillance inégalée s'il adoptait l'uniforme et le pas. Je ne crois pas qu'il ait saisi la valeur du concept. L'idée a plu à Carolyn, cependant. »

Une conversation banale, des inepties. C'était ainsi que tout avait commencé. Jellie prit l'habitude de faire le détour par son bureau une fois par semaine, et Michael et elle se frayèrent un chemin l'un vers l'autre à travers les vieux remparts de l'ignorance qui sépare les étrangers. Parfois, le seul fait de s'adresser à elle provoquait chez lui une bouffée de désir et il se félicitait de porter des jeans serrés, qui lui permettaient de garder le contrôle de la situation. Il avait depuis longtemps renoncé à toute forme de pratique religieuse mais, nécessité faisant loi, il répétait tout bas à longueur de journée : « Ô Tout-Puissant, donnez-moi Jellie Braden. Faites au moins ça pour un homme sans malice. » Ces mots devinrent une sorte de mantra qui ne quittait jamais son esprit.

Au pique-nique dominical d'automne, nonchalamment assis à l'extrémité d'une balançoire au bord de la rivière, Michael regardait d'un air indifférent le département de comptabilité affronter le département de marketing dans le tournoi de volley-ball organisé par le doyen et sa secrétaire. Cette dernière, tout comme son patron, n'aimait pas

Michael, lui reprochant son impertinence. S'il additionnait cette critique à celle de l'usage de la cigarette dont le doyen lui faisait grief, le résultat était clair : *Estime-toi heureux d'être titularisé.* Il était heureux, et le soleil réchauffait délicieusement cet après-midi de septembre.

Les économistes attendaient anxieusement sur le banc de touche leur deuxième manche contre le marketing, dans le cadre d'un système d'élimination à deux tours mis au point par un enragé du sport appartenant au département de recherche opérationnelle. Le génie en question avait utilisé une formule mathématique assez complexe pour établir la liste des rencontres, se basant sur les statistiques des victoires et défaites des trois derniers pique-niques, et en avait tiré une représentation graphique en couleurs sur ordinateur.

Le doyen montra un enthousiasme frisant l'hystérie à la vue du tableau, et incita chacun à venir admirer « le travail magnifique de Don » (une augmentation de deux cents dollars pour Don dans le nouveau barème des salaires, pensa Michael). Il estimait quant à lui que c'était utiliser un marteau-pilon pour écraser une noisette, et le dit sans ambages quand le doyen lui demanda de commenter cette brillante réalisation : « Don s'est cassé les méninges pour une broutille. »

Dieu, que le corps enseignant était ramolli ! Ils

expédiaient le ballon dans les arbres, trébuchaient, tombaient, tandis que le doyen s'époumonait sur son sifflet. Michael regarda autour de lui pour voir si les secours se tenaient prêts à intervenir.

« Vous voulez que je vous envoie en l'air, Tillman Michael ? » Jellie traversait la pelouse dans sa direction, un sourire aux lèvres. Il l'avait aperçue de loin quelques instants auparavant. Chaque fois qu'il se trouvait dans un certain rayon autour d'elle, un signal clignotait sur son écran radar, lui indiquant exactement où elle était. Jim et elle étaient arrivés une heure plus tôt. Michael était venu seul, en moto. Il avait mis les gaz en dépassant la voiture du doyen à l'approche du parc et fait un signe à Carolyn au passage. Pas de T-shirt *Doyennette* cette année. Il le regretta pour elle. Pour sa part, il avait fait inscrire : *Doyen possible* sur le T-shirt qu'il portait aujourd'hui.

« Non, c'est moi qui vais vous envoyer en l'air. » Il se souleva, abaissant la balançoire afin qu'elle puisse y prendre place. Il pesait une bonne trentaine de kilos de plus qu'elle, et il décala la planche pour mieux l'équilibrer, puis il lui lança une boîte de bière qu'il prit dans la petite glacière à ses pieds.

« Quelle sera la réaction de Jim en voyant sa femme partager une planche de bois avec un autre homme ?

– Il ne s'attarde généralement pas à ce genre de

considérations, toutefois il peut parfois se montrer agressivement jaloux. Sans raison, à dire vrai. Mais il vous aime bien et sait que nous sommes amis, c'est différent. De toute façon, il n'a qu'une idée en tête en ce moment : battre à plates coutures le département de marketing dans la prochaine manche de ce malheureux tournoi. »

Elle rayonnait dans la douce lumière du couchant. Ses seins bougeaient agréablement sous son chemisier de coton, tandis qu'elle montait et descendait sur la balançoire, à califourchon sur la planche, son jean moulant ses hanches et ses cuisses. Le Tout-Puissant avait-Il concocté ce genre de torture pour son propre divertissement ? se demanda Michael.

« Vous ne jouez pas au volley-ball, Michael ? Vous avez l'air en forme, et, à en juger par le combat pathétique qui se livre là-bas, devant le filet, vous seriez un facteur déterminant. »

Il jeta un coup d'œil dans la direction du terrain et aperçut James Lee Braden III avec ses lunettes à monture d'écaille, son sweat-shirt et son treillis kaki en train de s'échauffer avant de livrer bataille aux hommes du marketing. Il le regarda entrer sur le terrain et trébucher sur le pied de Patricia Sanchez. Puis il se rendit compte qu'il n'avait pas répondu à la question de Jellie et qu'elle le regardait d'un air interrogateur. Il avala une gorgée de bière.

« Non. J'ai couru mes six kilomètres ce matin à l'aube. C'est suffisant pour une journée. De plus, je pourrais me perdre dans les plis du ventre de Kipperman, le comptable, et ne plus retrouver mon chemin à temps pour mon cours du mardi. »

Jellie Braden rit, et ils continuèrent à monter et à descendre sur la balançoire, par ce bel après-midi d'automne dans l'Iowa.

IV

DANS la campagne à l'ouest de Madurai, les premières heures du jour avaient cette douceur et cette clarté particulières à l'Inde avant que la chaleur et la poussière ne fassent leur apparition. Et il faisait spécialement doux et clair aujourd'hui, car si tout se déroulait comme prévu, Jellie se trouvait à quatre heures de là, dans les collines des Ghats occidentaux. Peut-être demain serait-il moins clément. Peut-être était-il absurde de s'être lancé dans cette aventure, de courir ainsi à sa recherche. Michael était repris par les vieux doutes qui l'avaient habité tout au long du voyage. N'y pense pas, va de l'avant. Jellie avait ses propres problèmes, quels qu'ils fussent, et il avait les siens – quarante-trois ans, approchant d'une époque de la vie où il serait trop tard pour ces tempêtes physiques et cérébrales. S'il devait mener campagne, son sort se jouerait dans ces collines, un endroit aussi propice qu'un autre. Jellie pourrait l'envoyer promener, certes, mais rien ne serait pire que de rester passif à Cedar Bend, à écouter les commérages sur la femme de Jimmy Braden partie dans sa quête existentielle.

La première année de leur séjour à Cedar Bend, les Braden avaient invité Michael à leur dîner de Thanksgiving. Ils n'étaient installés que depuis trois mois, mais Jimmy tenait à donner ce qu'il appelait une « réception dans les règles ». Jellie avait protesté, disant qu'elle connaissait très peu de monde et que, de plus, Thanksgiving avait toujours été pour elle une fête essentiellement familiale. Ses parents viendraient de Syracuse, c'était amplement suffisant. Mais Jimmy dressa soigneusement une liste et déclara que si les deux tiers des invités répondaient à leur invitation, cela ferait une assistance respectable.

La liste était sans risque. Il avait dit : « J'ai invité Michael Tillman, sans trop compter sur sa venue. Ce n'est pas le genre à apprécier les dîners en ville. Mais il est célibataire, comme ton amie Ann Frazier, du département de sociologie. Ils sont différents des autres, nous pourrons peut-être favoriser un rapprochement autour de la dinde traditionnelle. »

Jellie réfléchit. Elle imagina Michael assis à leur table. Michael, particulier et étrange, avec ses larges épaules et ses yeux bruns, ses cheveux trop longs pour un professeur d'université. Sortant de l'ordinaire. Le visage hâlé, un visage de travailleur manuel, ou presque, habitué à fêter sa paie dans le bar du coin, en face de son boulot, peut-être un mécanicien. Et ses longs doigts avec de légères traces de cambouis que la brosse ne parvenait pas à ôter.

Un mois plus tôt, Jimmy et elle rentraient chez eux après avoir assisté à une représentation théâtrale en ville. Les rues, dans la nuit d'octobre, étaient luisantes de pluie, et soudain Michael était apparu à la hauteur de leur voiture alors qu'ils étaient arrêtés à un feu rouge. Il chevauchait la Shadow, faisant rugir son moteur. Elle se souvint que la radio jouait un air de Neil Diamond, *Cracklin' Rosie*, et que Jimmy la pressait de chercher la station locale qui jouait du Beethoven toute la nuit. La chanson lui était restée gravée dans l'esprit. Depuis lors, où qu'elle fût, dès qu'elle entendait *Cracklin' Rosie*, elle se remémorait cette nuit dans les rues de Cedar Bend, revoyait Michael sur sa Shadow.

Jimmy s'était penché par la fenêtre. « Bonsoir, Michael. »

Michael – en blouson de cuir, boots et jean, un bandana jaune noué autour de la tête – avait brièvement tourné la tête vers eux en leur adressant un salut de la main. Puis, le feu passant au vert, il avait mis les gaz et s'était fondu dans l'obscurité au volant de sa grosse machine noire.

Jimmy avait dit : « Il fait un temps de chien pour rouler en moto, tu ne crois pas ? »

Mais Jellie ne l'avait pas entendu. Elle regardait disparaître le feu arrière de la Shadow. Et elle aurait aimé être avec Michael Tillman, voir avec lui les endroits qu'elle avait connus et qu'elle redoutait aujourd'hui de retrouver. Elle aurait aimé enfourcher la moto rugissante, sentir le moteur battre entre ses jambes, entendre le sifflement du vent dans ses oreilles.

Oui, elle avait toujours eu un penchant pour les hommes d'une espèce particulière, les hommes mal adaptés au monde dans lequel ils vivaient. Jimmy appartenait à un autre univers, lié aux années de stabilité. Mais Michael était de cette race-là, un flibustier du temps jadis, grand buveur, le juron à la bouche, que la main du hasard avait transporté dans les années quatre-vingt, l'armant d'une expérience plus vaste que celle du commun des mortels, espérant qu'il saurait s'y comporter correctement.

Les goûts de Jellie en matière d'hommes étaient sans doute un héritage de son arrière-grand-mère, Elsa, féministe convaincue à une époque où il était inconvenant, pour ne pas dire immoral, de la part d'une femme de professer pareilles idées, et qui plus est de manifester dans les rues. Elsa Markham avait quitté son mari, s'était mise en ménage avec un socialiste, et engagée dans le combat pour les droits de la femme et l'amour libre. La famille Markham faisait rarement allusion à l'arrière-grand-mère Elsa.

Jellie avait longtemps gardé secret cet aspect de sa personnalité. Elle ne l'avait pas véritablement supprimé, mais caché, enfoui au plus profond d'elle-même, là où il ne pouvait bouleverser la vie équilibrée que ses parents avaient tracée pour leurs deux filles. La sœur aînée de Jellie, Barbara, était rentrée dans le moule. Elle avait obtenu un diplôme d'institutrice, épousé un gros courtier d'assurances, et était restée à Syracuse. Les choix de Barbara correspondaient aux désirs de ses parents, et tout allait pour le mieux dans le meilleur des mondes.

Adolescente, Barbara lisait avec délices *Little Women*. Lecture que Jellie considérait avec mépris, lui préférant *Madame Bovary,* un portrait de femme que Barbara trouvait particulièrement répugnant, allant jusqu'à rapporter à leur mère que Jellie voulait ressembler à Emma Bovary. Mme Markham s'empara du livre et le lut d'une traite, s'attardant sur les passages soulignés par Jellie. S'ensuivit un sermon sur la vertu, dont Jellie se tira en expliquant qu'elle n'avait aucune intention d'imiter Emma, et que *Madame Bovary* était un genre d'introduction aux méfaits d'une vie dissolue. À vrai dire, l'attitude dépensière d'Emma l'exaspérait. Un véritable caractère romantique se serait uniquement concentré sur l'aspect sexuel.

Marquée par le tempérament exalté d'Elsa Markham, il était naturel que Jellie se fût éloignée des sentiers battus. L'Inde avait été une parenthèse dans sa vie, puis Jimmy était apparu. Lasse des va-et-vient émotionnels d'une vie agitée, elle avait alors besoin de naviguer dans des eaux plus sereines. Jimmy donnait une impression de solidité. Jellie aspirait au calme et à la paix. Le jour où il lui offrit de l'épouser, elle accepta pour des raisons qu'elle n'aurait pas su vraiment expliquer, mais qui correspondaient à un désir de stabilité, de confort et de tranquillité.

Pendant des années, Jellie combattit opiniâtrement les instincts hérités d'Elsa ; mais ils la hantaient. Derrière la parfaite épouse de professeur d'université, diplômée d'anthropologie, se cachait une femme pirate avide de presser son corps contre celui de Michael Tillman, de se laisser emporter par lui.

Lorsque Jimmy lui montra la liste d'invités pour Thanksgiving, elle eut un moment d'hésitation. Son premier mouvement fut d'éviter tout risque de trouble. Mais Elsa Markham vint la tirer par le bras, et Jellie inscrivit : « M. Tillman » au bas de la feuille. « Cela me paraît une bonne idée, dit-elle. Demande-lui ce qu'il en pense. » Si Michael acceptait l'invitation, pensa-t-elle, elle porterait sa robe rouge à longues manches bouffantes.

Michael Tillman n'aimait pas les fêtes – aucune d'entre elles – mais Thanksgiving chez les Braden était une occasion de revoir Jellie, et il ne pouvait la laisser échapper. Jim avait dit qu'ils seraient peu nombreux, et que Jellie et lui se réjouissaient tout particulièrement de sa présence, et « j'y pense, avait-il ajouté, amenez une amie avec vous si vous le désirez ».

Il rentra de son jogging matinal, nourrit chat et chien, fit un peu de rangement, puis lut pendant un moment. Vers une heure, il ouvrit sa penderie et en sortit une veste de tweed gris et une chemise bleue à col boutonné. La plupart de ses cravates gisaient sur le plancher depuis des lustres, chiffonnées et maculées de poussière. Mais l'une d'elles en tricot rouge, ornée d'un *Sauvez les tortues* sur fond d'animaux marins, lui parut susceptible d'entamer une seconde vie après un bon coup de brosse. Il choisit ensuite un pantalon anthracite froissé et jugea de son effet en le mettant devant lui. Malachi, le colley qui portait le nom de son professeur favori en année de doctorat, posa la tête entre ses pattes et laissa échapper deux ou trois petits grognements. « Pas terrible, hein, Malachi ? »

Il se retourna, montrant le pantalon à son chat Casserole : « Qu'est-ce que tu en penses, Cass ? »

Ce dernier plissa les yeux, bâilla et se dirigea vers la pièce de séjour. Au vu des résultats de son sondage, Michael fouilla dans les cintres, dénicha un jean présentable, et mit un terme à sa séance d'indécision vestimentaire en s'emparant d'une paire de chaussettes grises et de ses vieux mocassins.

Il prit la bouteille de vin rouge qu'il avait achetée pour ses hôtes et franchit à pied les six rues qui le séparaient de la maison de brique que les Braden venaient d'acheter. Trois voitures stationnaient devant l'entrée, et la Buick des Braden était rangée dans l'allée du garage. Jim vint ouvrir la porte, impeccable, l'image même du bon goût, en costume bleu marine rayé, chemise à col amidonné, et cravate noire à pois jaunes. Au bas de cette élégante silhouette brillaient des chaussures noires à double empeigne – des chaussures de banquier. Une pochette blanche émergeait de la poche de poitrine. Michael avait toujours présumé que Jimmy Braden venait d'une vieille famille fortunée, et ce soir-là il en avait la preuve.

« Bonjour, Michael. Jellie et moi sommes heureux que vous ayez pu venir. Je pense que vous connaissez tout le monde à l'exception des parents de Jellie, qui sont venus pour l'occasion de Syracuse. Dites donc, quelle cravate ! »

Michael détestait se faire remarquer. Ses origines modestes resurgissaient dès qu'il devait parader en public, et il se sentait emprunté et stupide, au point de paraître à tort agressif. Ses années de jeunesse ne lui avaient pas donné l'expérience des mondanités, un point c'est tout.

Un petit groupe disparate l'attendait dans la salle de séjour : une sociologue (célibataire, une relation de Jellie), le directeur financier et son épouse (« Avez-vous vu des cobras ? »), le poids lourd de la recherche opérationnelle et son épouse, aussi grosse que lui, dont la poignée de main vous écrasait les phalanges (le génie du système d'élimination à deux niveaux au volley-ball). Patricia Sanchez était assise au centre du canapé, entre un type du service social avec lequel elle sortait depuis quelque temps, et un homme plus âgé, sans doute le père de Jellie. Il faisait une chaleur étouffante, une superbe flambée pétillait dans la cheminée, et l'assistance avait les yeux braqués sur Michael, debout dans l'embrasure de la porte. Il respira un bon coup, réprimant une envie féroce d'allumer une cigarette.

Jimmy le prit par le bras. « Tout le monde ici connaît Michael Tillman, membre de mon département. » Un brouhaha s'éleva vers Michael. Il leur fit à tous un petit signe de la main et tendit la bouteille de vin à Jimmy.

« Jellie et sa mère sont dans la cuisine. Oh, je manque à tous mes devoirs, je crois que vous ne connaissez pas le père de Jellie, M. Markham. »

À soixante ans passés, M. Markham avait des yeux vifs et une solide poignée de main. Il lui adressa un sourire complice que Michael lui retourna. Leonard Markham était probablement un brave homme, aussi longtemps qu'on ne se mettait pas en travers de son chemin.

Au fond du couloir, à travers la porte ouverte de la cuisine, il aperçut Jellie. Elle leva les yeux, lui fit un signe et l'appela : « Hello, Michael, venez, que je vous présente à ma mère. »

Il se dirigea vers elle, laissant les conversations dans la salle de séjour reprendre là où son arrivée les avait interrompues. Jellie s'essuya les mains à son tablier blanc sur lequel se rengorgeaient quatre gros dindons aux crêtes violacées. Elle l'embrassa sur la joue, chuchota : « Je suis tellement contente que vous soyez venu », puis se tourna vers la dame aux cheveux gris en train de préparer une farce à base de gésiers. Le baiser et le chuchotement le surprirent, mais il les mit sur le compte de l'excitation de la soirée.

« Maman, je te présente notre ami Michael Tillman. »

Jellie ressemblait à sa mère. Eleanor Markham était encore très belle, à peu près du même âge que son mari, avec les mêmes yeux gris que Jellie. « Ravie de vous rencontrer, Michael. Nous sommes heureux que Jim et Jellie se soient fait de véritables amis en si peu de temps. »

Elle se tourna vers Jellie. « C'est ce Michael qui possède une Shadow, n'est-ce pas ? » Jellie fit un signe d'assentiment. « Vous roulez beaucoup en moto, Michael ?

– Oh, je vais ici et là. Dans les environs, parfois jusqu'aux Grands Lacs, ou dans le Colorado si je suis d'humeur sportive. C'est une pièce de collection, et je suis obligé d'emporter tout un attirail de réparation pour faire de la route.

– Vous habitez un appartement, n'est-ce pas ? Où entreposez-vous votre moto durant l'hiver ? »

Tout en remuant la sauce de la dinde, Jelly lui jeta un coup d'œil par-dessus son épaule.

« Dans mon salon. »

Jellie s'esclaffa. Eleanor Markham sourit. « Pourquoi diable la mettez-vous là ? demanda-t-elle.

– Parce qu'elle ne rentre pas dans les toilettes. »

La mère et la fille partirent d'un même éclat de rire. Michael prit un petit air satisfait. « Qui plus est, ça me permet de bricoler dessus durant les longues soirées d'hiver, et si je me sens un peu à l'étroit entre mes quatre murs, je l'enfourche et je fais “ vroum, vroum ”. Lorsque je ne m'en sers pas, mon chat aime dormir sur la selle. J'habite le rez-de-chaussée d'une vieille maison depuis une dizaine d'années. Dans une ville universitaire, les locataires qui comme moi paient leur loyer régulièrement sont une denrée rare, si bien que le propriétaire s'accommode de mes excentricités.

– Maman, c'est exact que Michael garde sa moto dans son salon. C'est tout à fait son style, et tout irait bien si cette fichue sauce voulait bien prendre. »

Les voyant absorbées par leurs occupations culinaires, Michael s'éclipsa en direction de la salle de séjour, s'efforçant à un semblant de civilité, tâche qui relevait presque de l'impossible pour lui. L'ameublement était classique, avec quelques touches raffinées – de belles lithographies post-modernes, quelques jolies céramiques, un bronze abstrait, et une gravure en noir et blanc du fameux chou d'Edward Weston, qui s'était vendu une fortune. Des fauteuils modernes, d'autres anciens. Du petit bureau adjacent jaillissait un quintette de Mozart.

Michael jeta un regard vers Jellie, toujours occupée à remuer sa sauce, et tenta d'analyser l'expression qui était apparue sur son visage. Un mélange de contentement et de lassitude ? La satisfaction de se trouver là et le désir d'être ailleurs ? L'appréhension d'avoir à disputer une longue course dans laquelle elle s'était engagée malgré elle ?

« Venez par ici, Michael. » Pat Sanchez lui tendait la main. Il avait toujours apprécié Pat. Elle s'était battue pour sortir des barrios de Los Angeles, avait décroché un doctorat au Texas, et rejoint le corps des professeurs il y avait une dizaine d'années. Ils avaient écrit deux ou trois articles ensemble, et s'étaient retrouvés un vendredi soir nus sur son lit à boire des margaritas. Par la suite, ils étaient sortis plusieurs fois ensemble, mais d'un mutuel et tacite accord ils s'en étaient tenus là. À l'évidence, les mathématiques des réseaux de transport ne suffisaient pas à entretenir le feu d'une relation amoureuse.

Elle lui présenta son ami, récemment nommé vice-président du service social de l'université, mais les deux hommes s'étaient déjà rencontrés, à l'époque où ils faisaient partie du conseil éducatif des étudiants. Michael lui trouva un air de psychothérapeute, caractéristique de ceux qui ont pour mission de remédier au foutoir régnant dans les dortoirs et à l'anarchie que les universités persistent à tolérer. Il serra la main de Michael. « Je me souviens de vous. Vous étiez partisan de renvoyer quiconque songerait seulement à écrire sur les murs. Que disiez-vous exactement ?... J'avais pris l'habitude de citer vos conceptions de la vie sociale universitaire comme modèle de ce qui ne peut pas marcher avec les étudiants d'aujourd'hui. »

Michael soupira en son for intérieur, partagé entre l'envie d'envoyer l'imbécile heureux se faire voir et celle de lui foutre la tête dans la cheminée, se demandant si le cerveau embrumé de ce pauvre type méritait d'être réduit en bouillie ou en cendres, mais malgré lui il se pencha et murmura à son oreille : « Je me souviens presque mot pour mot de ce que j'ai dit. " Nous gérons une université, pas un centre de compétition ou une institution pour hypertrophiés des testicules. Les tricheurs sont des tricheurs, les casseurs des excités de la bouteille, et nous devrions renvoyer ces petits salauds téter leur mère ou leur botter le cul, les remettre à la police et les poursuivre en justice. " Voilà ce que j'ai dit. J'ai ajouté que je ne supportais pas toute cette salade transactionnelle à laquelle vous semblez tous croire. Cela après qu'un conseiller éducatif m'eut traité de fasciste. »

L'imbécile heureux, vice-président de son état, devint écarlate et Pat se renfonça dans les coussins du canapé, tentant en vain de réprimer le fou rire qui la gagnait. Michael se calma, heureux de la sentir de son côté. Il venait d'engueuler un membre de l'administration centrale, risquant de fiche en l'air la soirée des Braden. Et c'était la dernière chose qu'il souhaitait.

« Oh, Michael, tu es définitivement indécrottable ! » Pat riait aux larmes.

À ce moment, Jimmy Braden sortit de la cuisine, agitant élégamment une minuscule clochette d'argent. « Mesdames et messieurs, le dîner est servi. »

L'assistance se dirigea vers la salle à manger. Michael fermait la marche, se demandant comment étaient placés les convives, espérant ne pas être trop éloigné de Jellie, pouvoir la regarder de temps en temps. Après tout, il était venu uniquement pour cela, non pour discuter avec les petits prétentieux de l'administration centrale.

Chaque invité avait son nom indiqué sur la table, mais Michael préféra laisser les autres trouver leur place avant de choisir parmi les sièges restés libres. Les emplacements semblaient avoir été attribués au hasard. Pourtant il devinait trop bien Jellie pour ne pas penser qu'il y avait derrière cette apparente désinvolture un plan global destiné à éloigner certains convives de leurs femmes, maris ou amants et de les rapprocher de certains autres invités. Une sorte de savant mixage autour d'une dinde. Il observa les chaises inoccupées. Jellie surprit son regard et lui désigna la deuxième place en partant de l'extrémité de la table, non loin de la cuisine. Il jeta un coup d'œil sur le carton où était inscrit de la main de Jellie : *Doyen possible*. Le siège voisin était marqué *Jellie*.

James Lee Braden III découpait, la mère de Jellie versait à boire, Jellie allait et venait, et tout le monde parlait pour ne rien dire. Michael regardait Jellie se déplacer, saisi pour la première fois d'un sentiment qu'il n'avait jamais connu. À l'attirance physique s'ajoutait brusquement quelque chose de plus profond, de plus calme et de plus noble, situation qui le prenait au dépourvu. Une étrange mélancolie l'envahit, sans qu'il en comprît la raison. Il se sentait triste pour lui-même, pour elle, pour Jimmy, triste à cause du dénouement vers lequel toute cette histoire pouvait les mener, si tant est qu'elle les menât quelque part. La voix de l'Absolu lui paraissait moins assurée, le mantra vacillait. Il valait sans doute mieux laisser les choses suivre leur cours, pensa-t-il. Jellie et lui, s'il interprétait son attitude correctement, étaient peut-être en train de s'engager sur un terrain dangereux, un terrain qui n'était pas aussi innocent qu'ils l'avaient imaginé au début. Et, pendant une minute, il eut envie de s'échapper, d'enfourcher la Shadow et de prendre la fuite, quelque part, n'importe où. Là où le soleil serait chaud, la vie simple.

La grande parade de la dinde se poursuivit pendant presque deux heures. Verres et assiettes se remplissaient à mesure qu'ils se vidaient. Eleanor Markham rapporta un mot drôle de Jellie à l'âge de cinq ans, et tout le monde s'esclaffa, particulièrement Jellie.

La sociologue à sa droite se mit à raconter sa vie et ses expériences, l'agrippant de temps à autre par le bras lorsqu'elle croyait énoncer une vérité importante. Littéralement coincé, contraint à un minimum de politesse, Michael se força à quitter Jellie du regard et à écouter cette spécialiste du rôle des femmes dans les premiers temps de la colonisation américaine.

Quelqu'un mentionna le match de football de l'après-midi entre Dallas et Seattle. Les fanas de sport du département de recherche opérationnelle s'engouffrèrent dans cette voie, citant le total des mètres gagnés par divers arrières, ainsi qu'un monceau d'informations dont le seul résultat était de vous encombrer l'esprit. Pendant ce temps, la mère de Jellie racontait les histoires de lycée de sa fille.

Jimmy découpait – il n'arrêtait jamais de découper, c'était son mode de vie. Le père de Jellie s'entretenait avec le vice-président du service social de la pêche à la truite dans les torrents du Connecticut. Et la sociologue à la droite de Michael lui demandait s'il assistait aux concerts-débats, ajoutant qu'elle s'y rendait toujours seule et le regrettait. Il lui répondit qu'il n'y allait pas, car d'après ses souvenirs c'était toujours le même musicien qui figurait à l'affiche – un « nouveau et éblouissant violoniste » coréen (ayant à peine dépassé l'âge de la puberté) qui exécutait chaque morceau avec une virtuosité d'automate. La sociologue n'était pas antipathique, néanmoins, et Michael continua à feindre de l'intérêt pour les débats, les concerts et les femmes de la prairie, sentant à l'occasion la hanche de Jellie contre son épaule lorsqu'elle se levait pour se rendre à la cuisine.

Le spécialiste en recherche opérationnelle parlait toujours du match qui allait commencer dans moins de trois quarts d'heure, laissant entendre qu'il espérait que personne ne verrait d'inconvénient à ce qu'il le regarde à la télévision. Plusieurs autres se joignirent à lui, excités à l'idée de voir de jeunes Noirs de l'Est et de l'Ouest se taper sur la gueule dans les plaines du Texas, et l'affaire fut décidée. La sociologue releva ses lunettes et dit doucement : « Tout cet intérêt pour le sport est encore un complot capitaliste pour détourner l'attention des masses, ne pensez-vous pas ? »

Michael n'avait nulle intention de se pencher sur la question. Une seule préoccupation emplissait son esprit : l'envie de sentir la hanche de Jellie frôler son épaule. Mais il hocha la tête et répondit : « Vous avez sans doute raison. Par ailleurs, mieux vaut ça que de voir le prolétariat dans la rue en train de piquer des enjoliveurs de voiture ou renifler les petites culottes des filles. » Elle se détourna et reporta son attention vers la femme du directeur financier.

Profitant d'un moment où le sportif de service relatait avec des trémolos dans la voix d'autres exploits puisés dans *Sports Illustrated*, Jim Braden s'adressa à Michael : « Vous avez été un sportif professionnel autrefois, d'après ce que l'on m'a dit. »

Jellie fit mine de s'étonner : « C'est vrai ? Quel cachottier ! »

Piégé. Il espérait que la conversation prendrait un autre tour, mais rien à faire.

Le père de Jellie renchérit : « Et quel sport pratiquiez-vous, Michael ? »

Le spécialiste en recherche opérationnelle faillit s'étrangler avec un morceau de dinde, car Michael mentionnait rarement son passé sportif.

L'assistance avait les yeux braqués sur lui, et en particulier la sociologue, qui semblait soudain trouver une explication à son refus d'assister aux concerts-débats et à ses allures de barbare. Il n'y avait pas d'échappatoire. Il aurait peut-être persisté à en chercher une si Jellie n'avait insisté : « Racontez, Michael. » Elle paraissait sincèrement intéressée, et il était incapable de lui résister.

Il but une gorgée de vin et commença. « L'histoire peut se résumer très simplement : j'ai grandi dans une petite ville du Dakota du Sud. »

La femme du directeur financier l'interrompit : « Où cela ?

– À Custer... près de Rapid City, dans les Black Hills.

– C'est une belle région, n'est-ce pas ? » Avec sa cervelle d'oiseau, elle était repartie en plein récit de voyage.

La sociologue marqua un but avec un puissant crochet gauchiste : « Nous avons volé ces terres aux Indiens au XIXe siècle.

– Oui, c'est une jolie région, dit Michael, se tournant vers la femme du directeur financier. Bien que la petite maison de mes parents fût située sur un terrain volé aux Sioux Lakotas. » Il attendit un instant d'éventuelles questions sur les Black Hills. Il n'en vint aucune.

« Lorsque j'entrai au lycée, j'en avais par-dessus la tête de l'école et de traîner mon existence dans une petite ville. J'ai alors commencé à m'entraîner au basket dans le parc municipal. Puis mon père équipa d'un panier la cour de notre maison. Il y installa même l'éclairage pour que je puisse m'entraîner le soir. Je semblais avoir un don particulier pour le tir en suspension, et je devins assez bon dans cette spécialité. Mon entraîneur au lycée avait fait ses études au collège de Wichita State et il leur envoya les films de deux ou trois de mes meilleurs matchs. Ils me proposèrent une bourse, ce qui était pour moi le seul moyen d'entrer au collège. J'ai joué pendant trois ans et demi, jusqu'à ce que je me blesse sérieusement au genou. Voilà. » Il avala une autre gorgée de vin et attendit que l'assistance se tournât vers des sujets de plus grand intérêt, mais ils voulaient en savoir davantage.

« Quelle position occupiez-vous ?

– Arrière.

– Combien mesurez-vous, environ un mètre quatre-vingt-huit ?

– Quatre-vingt-six, avec mes chaussettes.

– Avez-vous été classé All American ?

– J'ai été sélectionné dans la All-Missouri Valley Conference pendant ma première année de collège. »

Jellie posa sa main sur la sienne. « Michael, vous étiez donc une star ! »

Il n'aurait su dire si elle était sincère ou légèrement sarcastique. Il opta pour la deuxième hypothèse, avec peut-être un zeste de la première. « Je n'y ai jamais songé sous cet angle. Cela me permettait seulement de payer ma pension, mes livres et mes études.

– Je suis sûr que vos parents étaient très fiers de vous. Avez-vous jamais songé à devenir professionnel ? » Le spécialiste en recherche opérationnelle venait de découvrir un héros national en chair et en os, et cela à un simple dîner de Thanksgiving.

« Mon père épinglait des photos de moi parues dans le *Wichita Eagle* sur tous les murs de la station Texaco. Ma mère était davantage intéressée par mes études. Le sport a toujours été à ses yeux un passe-temps inepte. »

Son interlocuteur avait manié la batte une seule fois dans sa vie et ne s'en remettait toujours pas. La réponse de Michael le déconcerta. Comment une mère pouvait-elle se désintéresser de son fils au point de ne pas applaudir à ses exploits sous les projecteurs des gymnases ?

« Quant à devenir professionnel, poursuivit Michael, cela ne m'intéressait pas, et je n'étais pas assez rapide pour passer en première division. On ne me l'a jamais proposé, et de toute façon j'aurais refusé.

– Ne regrettez-vous pas de ne plus jouer ? » La question venait de la mère de Jellie.

« Non, madame Markham. Sincèrement. En fait, j'attendais d'en avoir fini avec cette époque pour commencer à vivre. Dès mes premières années de collège, j'ai découvert que je n'aimais pas jouer au basket et que je n'y avais jamais pris de véritable plaisir. J'étais seulement fasciné par l'art et la dynamique du tir en suspension. C'est une technique de jeu faite pour de jeunes garçons, et je n'ai pas touché un ballon depuis vingt ans.

– C'est un point de vue intéressant, fit pensivement Jellie. L'art et la dynamique du tir en suspension étaient donc les seules choses qui comptaient pour vous. Vous devriez écrire un article sur le sujet, un jour. »

Si Jellie avait posé sa main sur la sienne à cet instant, il aurait écrit un essai sur ces lointains tirs en suspension directement sur la nappe avec un os de dinde. Mais elle passa à un autre sujet en leur proposant un choix de desserts. Michael se décida pour une tarte aux raisins et à la crème. Jellie l'avait préparée selon une recette de sa grand-mère, et c'était un délice.

Au moment du café et du cognac, quelqu'un demanda à Jellie l'origine de son prénom. Ses parents se mirent à rire, et Jellie laissa à sa mère le soin de répondre.

« À l'âge de sept ans, Jellie était un peu boulotte. Son père avait pris l'habitude de l'appeler sa petite " Jelly ", son " petit pot de gelée ". Les enfants du voisinage s'emparèrent du surnom et se mirent à l'appeler Jellyboule, Jellypouf, Jellydondon et tout ce que vous pouvez imaginer. Elle rentrait à la maison en larmes. Leonard cessa de l'appeler Jelly et s'en voulut à mort d'avoir été la cause de tout ça. Mais les enfants ne s'arrêtèrent pas pour autant. »

Jellie intervint. « C'est maman qui finit par me tirer d'affaire. Elle me convainquit que mon surnom se terminait par *ie* et non par *y*, et qu'il s'agissait d'un nom français, bien que nous utilisions la prononciation américaine. L'idée me plut et je n'eus plus honte de mon petit nom. Je l'ai conservé, et je l'utilise depuis lors.

– Et quel est votre véritable nom ? »

Pour l'amour du ciel, se dit Michael, en fusillant du regard le malheureux directeur financier qui avait été assez stupide pour poser cette question. Laissez tomber. Si elle avait voulu vous le dire, elle l'aurait déjà fait.

« C'est un secret, répondit Jellie en riant. Jimmy, il faudrait resservir du cognac. Je vais chercher un peu plus de café. »

Les sportifs en chambre profitèrent du moment pour brancher la télévision : « Le trois et le six sur le cinq de Dallas. Et voilà le... »

La sociologue avait des copies à corriger, Pat Sanchez et son ami décidèrent d'aller faire un tour à pied. Jellie et sa mère rangeaient la cuisine. Michael sortit fumer une cigarette, et à son retour le reste de l'assistance, à l'exception de Jellie et de ses parents, regardait la télévision. Michael s'assit à la table de la salle à manger avec Leonard Markham et le questionna sur la pêche à la truite, qu'il avait un peu pratiquée dans les Black Hills. M. Markham parlait bien de ce qu'il aimait, et il donna à Michael quantité de conseils, sans se montrer ennuyeux. Il aurait été un bon professeur, s'il n'avait fait carrière dans le carton, pensa Michael. Leonard Markham lui plaisait.

Plus tard, Jellie et sa mère les rejoignirent à la table, et Jellie s'assit en face de Michael. C'était pour cette seule raison qu'il était venu, uniquement pour avoir l'occasion de regarder Jellie Markham Braden par une froide journée d'automne. Il se tint sur la réserve, cependant, car Mme Markham le surprit à une ou deux reprises en train de fixer sur sa fille un regard sans rapport avec les propos qu'ils échangeaient. Et les mères devinent trop bien les pensées secrètes des hommes, surtout lorsque ces pensées concernent leurs filles.

Cherchant désespérément quel sujet aborder, Michael se mit à évoquer l'Inde et vit le visage d'Eleanor Markham s'assombrir – imperceptiblement, mais sans doute possible. Jellie détourna rapidement la conversation. C'était la deuxième fois qu'il décelait quelque chose d'étrange concernant son séjour en Inde. Quelque chose qui la retenait de s'étendre sur la question, une fois reconnu le fait qu'elle y avait séjourné pendant trois ans.

Michael souffrait mille morts lorsqu'il se trouvait ainsi en présence de Jellie. Ses sentiments envers elle étaient trop dévastateurs, trop intenses, et il appréhendait de se trahir, de laisser échapper une remarque hors de propos, qui aurait éclairé son mari ou quelqu'un d'autre, y compris elle-même, sur la nature de ses sentiments. Il voulait pouvoir la contempler à sa guise, s'approcher d'elle sans avoir l'impression d'agir à la dérobée. Si bien que vers six heures il prit congé, sous prétexte d'aller nourrir son chien et son chat.

Jellie serra ses bras autour d'elle en frissonnant au moment de le quitter sur le perron. « Merci d'être venu, Michael. Je sais que vous ne goûtez pas particulièrement ce genre de réceptions, mais je voulais que mes parents fassent votre connaissance. Vous êtes d'une espèce différente des personnes qu'ils rencontrent habituellement... Non, ce n'est pas exactement ce que je voulais dire. Vous n'êtes pas une bête curieuse, simplement différent. Mon père m'a dit tout à l'heure : “ J'aime bien ce Michael Tillman ; il a du caractère. ” Je savais que vous lui plairiez. »

Michael comprit ce qu'elle voulait dire. « C'est réciproque, Jellie. Merci de m'avoir invité, j'ai passé un agréable moment. » Il ne put s'empêcher de la dévorer du regard une dernière fois avant de la quitter. C'était plus fort que lui, il aurait voulu l'envelopper de ses bras, lui dire : « Ne rentre pas. Viens avec moi, j'embrasserai ta bouche, tes seins, ton ventre doux et rond, je te mettrai en pièces et raccommoderai tous les morceaux ensuite. Puis nous prendrons la route, nous partirons au loin, peu importe où. »

Jellie plongea ses yeux gris dans ceux de Michael pendant un bref instant, le visage grave. Elle avait une expression qu'il ne lui connaissait pas, comme si elle lisait à demi dans ses pensées. Elle resta silencieuse, le regarda simplement, puis baissa les yeux et sourit légèrement avant d'ouvrir la porte et de rentrer chez elle.

Douze mois plus tard, il se trouvait dans la région de Madurai, s'enfonçant à sa recherche dans le sud-ouest de l'Inde. Le chauffeur parlait à peine quelques mots d'anglais, et le voyage se déroulait en silence, hormis le vacarme continu du vent par les fenêtres ouvertes. Au bout de quatre-vingts kilomètres, le chauffeur s'arrêta, se dirigea vers un sanctuaire au bord de la route où il laissa un peu de monnaie. « Mauvais esprits, dit-il en remontant dans la voiture. Dangereux. » Il embraya, jetant un coup d'œil en arrière vers le sanctuaire.

Le chauffeur s'arrêta à Virudunagar pour prendre son petit déjeuner et un pneu de la voiture creva. Manifestement, le don déposé au sanctuaire avait été insuffisant. La roue de secours était inutilisable, et il fallut toute une expédition à travers la ville pour trouver un garage. Après le marchandage obligé, le pneu fut sommairement réparé à l'atelier. Ça ne tiendra pas plus de cent kilomètres, pensa

Michael. L'arrêt à Virudunagar leur avait pris presque deux heures.

Il se renfonça sur la banquette de vinyle rouge et regarda défiler les villages et la campagne. Aux abords de Rajapalaiyam, le chauffeur ralentit et stoppa sur un pont qui franchissait une large rivière aux eaux peu profondes. Devant eux, une femme menait un troupeau d'oies. Sur les bancs de sable en contrebas, d'autres femmes, jupes relevées, faisaient la lessive, battant le linge contre les pierres.

Les oies n'en finissaient pas de franchir le pont. Agacé, le conducteur klaxonna. La femme se retourna et lui lança un regard noir. Seuls les riches roulaient en voiture, et elle n'en avait rien à faire. La vie s'écoule au ralenti dans un village indien. Seuls les étrangers fortunés sont pressés.

Une autre femme s'avança vers eux sur le pont. Elle portait un sari déchiré, des bagues à ses pieds bruns, et un fagot sur la tête. Elle maintenait d'un bras son fardeau, balançant l'autre le long de son corps, faisant tinter ses bracelets. Elle était superbe. Une véritable beauté. Elle jeta un bref regard à Michael à travers la vitre de la voiture, et il sourit malgré lui, s'attendant qu'elle lui retourne son sourire. Elle sembla hésiter un instant, mais détourna la tête et continua sa route, regardant droit devant elle.

Il se pencha et aperçut les Ghats occidentaux

qui se dressaient à l'horizon. Quelque part dans ces montagnes était censée se trouver Jellie, près d'un village appelé Thekkady. Et il ignorait ce qu'elle y fabriquait, et n'était pas même certain d'avoir envie de le savoir.

Une heure plus tard, ils en atteignirent les contreforts, gravirent lentement et prudemment la route en lacets, s'arrêtant pour faire place aux énormes autocars indiens, qui occupaient toute la largeur de la chaussée. L'air était plus frais à présent. Ils étaient à mille mètres d'altitude, peut-être, les branches des pins effleuraient les fenêtres de la voiture. Michael ignorait que Jellie avait parcouru cette même route en proie à la terreur quinze ans auparavant. Elle portait un autre nom alors.

V

APRÈS son premier Thanksgiving à Cedar Bend, Jellie ne réapparut pas dans le bureau de Michael pendant presque deux semaines. Elle avait pris l'habitude de s'y arrêter pour boire un café et fumer une cigarette au moins une fois par semaine, et Michael en conclut qu'il avait tout gâché, que Jellie et d'autres peut-être avaient percé à jour ses sentiments et qu'elle avait décidé de tout étouffer dans l'œuf dès le début.

Lorsque Jimmy Braden lui demanda de le recevoir pour un court entretien, il crut que Jellie avait mis son mari au courant. Il resta assis à sa table de travail, prêt au pire, s'attendant à entendre Jimmy lui signifier que Jellie n'appréciait pas la façon dont il la regardait, qu'elle ne passerait plus le voir dans son bureau dorénavant, et bien entendu ne l'inviterait plus chez elle.

Mais tel n'était pas le but de l'entrevue. La nouvelle dont Jimmy lui fit part était pire à certains égards. Il partait enseigner à Londres pendant le semestre de printemps, et Jellie l'accompagnait. Il avait fait une demande pour être professeur invité l'année précédente et s'était mis d'accord avec Arthur. Sa demande s'était perdue dans les bureaux, à Londres, mais tout avait fini par s'arranger à la dernière minute. Aujourd'hui, Jimmy cherchait un professeur susceptible de prendre en charge une partie de ses cours.

Michael eut le cœur serré à l'idée de rester si longtemps sans voir Jellie. Il l'imaginait, ses cheveux noirs soulevés par des vents impétueux venus du nord, riant, s'amusant, sans jamais penser à lui. D'ailleurs, pourquoi aurait-elle pensé à lui ? Que représentait-il pour elle ? Il se reprit et s'engagea à assurer le cours inaugural de Jimmy sur l'économétrie ou à trouver un étudiant diplômé capable de s'en charger. Jimmy promit de lui rendre la pareille un jour, et Michael ne douta pas de sa sincérité.

« Merci infiniment, Michael. Cela me retire une épine du pied. Nous partons dans dix jours, à la fin du semestre, et nous ne rentrerons qu'en août. Nous comptons voyager pendant l'été. »

Jellie en Écosse, Jellie marchant le long des haies, Jellie à Paris... Jellie là où il ne pourrait pas la voir. Une heure plus tard, elle frappait à sa porte.

« Salut, l'homme à la moto. Où en est la compétition ?

– Sur le point d'être gagnée, Jellie. Je lance les étudiants à l'assaut des épreuves de décembre, et la victoire est assurée, ou le sera dans moins de deux semaines. »

Elle était restée dans l'embrasure de la porte au lieu d'entrer et de se laisser tomber dans un fauteuil comme elle le faisait souvent.

« Désolée de vous avoir si peu vu ces temps derniers. Je préparais mes derniers examens, et Jim m'a dit qu'il vous avait prévenu de notre voyage à Londres. Dieu, quel branle-bas : trouver quelqu'un pour garder la maison, payer les factures, régler les formalités avec la banque ! Que comptez-vous faire pendant les vacances ? De grands projets en perspective ?

– Non, pas grand-chose. Il fait trop froid pour faire une expédition en moto. Je vais probablement essayer de terminer mon article sur la comparaison des structures complexes afin de le présenter aux conférences d'automne. M'offrir ma coupe de cheveux trimestrielle, rendre visite à ma mère à Custer pour Noël. À part ça, je regarderai la neige tomber, sans doute, et j'écouterai les nouveaux enregistrements de Miles Davis tout en me mettant à jour pour les cours de Jim. Mes notes sur le sujet sont un peu dépassées. Le temps passera vite, comme toujours. » Il aurait voulu lui dire qu'il penserait continuellement à elle, mais il n'en fit rien.

« C'est un programme bien sérieux. Pas de souhait particulier pour Noël ? »

Il fixa le plafond pendant un moment, en proie à l'émotion, s'efforçant de reprendre le dessus, refusant de s'attendrir sur son sort. Bien sûr qu'il avait des souhaits, mais aucun dont il pût parler. Il se ressaisit et se renfonça dans son fauteuil, les doigts croisés derrière la nuque, s'obligeant à sourire.

« Voyons, j'aimerais avoir une ceinture avec l'inscription Orville gravée au dos. Il y avait un type à Custer qui en possédait une, et ça me paraissait drôlement chic quand j'étais gosse. »

Jellie lui rendit son sourire. « Il n'y a que vous, Michael, pour dire une chose pareille. C'est complètement surréaliste.

– Mais c'est la vie qui est surréaliste, Jellie. Sauf pour Orville. Il ne s'attardait pas à ces choses, il conduisait son camion de blé en sifflant.

– Je crois qu'Orville avait tout compris. J'aimerais en savoir davantage sur lui, mais il faut que je me sauve. J'essaierai de passer vous voir avant notre départ. Bonne chance, Michael, et saluez Orville si vous le voyez. Demandez-lui d'écrire un manuel sur le thème “ aide-toi, le ciel t'aidera ” à l'intention du reste du monde. »

Il la regarda quitter la pièce et s'éloigner dans le couloir, puis alla jusqu'à la porte pour pouvoir la contempler quelques instants de plus. Elle se retourna une fois, comme si elle avait deviné sa présence, et lui fit un dernier signe de la main avant de disparaître, se dirigeant vers le bureau du sérieux, du solide James Braden.

Michael la rencontra par hasard la semaine suivante dans un petit supermarché près du campus. Ils prirent un café au Beano, assis sur une banquette au fond de la salle. Elle avait terminé ses examens et ses préparatifs de départ étaient bien avancés, elle semblait plus calme et moins pressée que la dernière fois. Elle portait sa tenue d'hiver habituelle : jean, T-shirt à manches longues sous une chemise de flanelle, et une parka fourrée de duvet.

Il s'appuya contre le mur, un pied sur la banquette, et contempla les vieilles affiches du campus exposées au mur. Les étudiants de premier cycle – ceux qui avaient terminé leurs examens – buvaient de la bière. Deux hommes, des militants du mouvement gay du département de philosophie, jouaient aux échecs à la table voisine.

Jellie lui demanda s'il avait des restaurants londoniens à lui recommander. Il lui répondit qu'à part les rares fois où il s'était arrêté un jour ou deux à Londres, son expérience se limitait aux changements d'avion à Heathrow. Les goûts de Michael le portaient vers des sociétés moins organisées que les civilisations occidentales, et il avait surtout voyagé dans l'Asie du Sud-Est. Il ne mentionna pas les femmes de Bangkok, si dociles, si belles, avec leurs longues chevelures. Il regarda sa montre et dit qu'il devait partir, expliquant qu'il avait des examens à faire passer dans vingt minutes.

« Michael, nos conversations autour d'une tasse de café vont me manquer, et vous aussi vous me manquerez, sincèrement. »

Il fixa son visage pendant un long moment. Sans se préoccuper cette fois de ce qu'elle ou quiconque pouvait penser de la façon particulière dont il la dévisageait.

Elle prit une longue inspiration, comme si elle s'apprêtait à dire quelque chose, puis resta silencieuse une minute avant de reprendre. « Je ne veux pas aborder le sujet maintenant, mais... » Elle hésita.

Il sentit ses mains trembler sans qu'il en comprenne vraiment la raison, et il les cacha sous la table, hors de sa vue. Un léger tic nerveux agitait un muscle de sa joue, sous l'œil gauche. Dans la vie d'un homme il est des moments où les choses passent à la vitesse supérieure. C'était cette accélération qu'il ressentait en ce moment précis.

« Que voulez-vous dire, Jellie ? Quel est ce sujet que vous ne voulez pas aborder ?

– Ce que j'essayais de dire... c'est que... que je ne vais pas seulement regretter certains moments. Je vais vous regretter *vous*. J'en sais plus que vous ne le croyez sur vous, sur vos sentiments profonds... sur mes propres sentiments... Ô mon Dieu, je finis par tout embrouiller... »

Parvenant à contrôler le tremblement qui l'agitait, il tendit la main pour prendre la sienne. Elle le laissa faire et il couvrit de son autre paume leurs mains réunies sur la table. « Allons, Jellie, dites ce que vous avez à dire. Je veux l'entendre, quoi que ce soit.

– Michael, je vais peut-être vous paraître un peu présomptueuse. Si je fais fausse route, oubliez tout ce que je vous ai dit. Promis ?

– Promis. »

Elle baissa les yeux et s'éclaircit la voix. « Nos plaisanteries, nos conversations anodines cachent autre chose, n'est-ce pas ? »

Il resta silencieux, sans la quitter du regard. Elle s'était lancée la première, et il n'avait pas l'intention de l'interrompre. Il voulait l'entendre terminer ce qu'elle avait à dire, aller jusqu'au bout de sa pensée. Bien ou mal choisi, c'était le moment. Une serveuse en se dirigeant vers la cuisine laissa échapper une pile d'assiettes, et toutes les têtes, à l'exception des leurs, se tournèrent pour observer le désastre. Michael vit la trotteuse de sa montre qui parcourait impitoyablement le cadran. Dans un quart d'heure, ses examens allaient commencer à l'autre bout du campus.

« Grands dieux... il y a autre chose, n'est-ce pas ? Entre nous ? » Elle pressa sa main entre les siennes et frappa doucement la table.

Il fit un signe d'assentiment.

« C'est vrai depuis notre première rencontre, n'est-ce pas, depuis cette soirée chez le doyen à la fin du mois d'août ? »

Il acquiesça à nouveau et lui répondit sans détour : « Vous êtes entrée dans la pièce et j'ai senti quelque chose vibrer en moi. Et maintenant la vibration a pris l'ampleur d'une symphonie que je ne puis contenir.

– Oh, Michael... Michael. » Elle détourna les yeux, fixa le mur, puis le plafond. Il restait douze minutes. Il ne bougea pas. La dernière mouche de l'été atterrit sur le rebord de sa tasse de café et se mit en tête d'en faire le tour.

« Le jour de Thanksgiving, ma mère a tout deviné, à la façon dont vous me regardiez, et dont je vous regardais peut-être moi-même. Non, je suis malhonnête – je vous rendais exactement votre regard. Nous faisions la vaisselle dans la cuisine, et elle m'a dit : “ Prends garde, Jellie, fais attention. ” »

Quatorze heures quarante-sept. Le Beano se vidait peu à peu, la foule se hâtait, prête à affronter les épreuves d'examen qui débutaient à quinze heures. « Michael, les choses se calmeront peut-être pendant mon absence. Il le faut. »

Il ne répondit pas, se contenta de hausser les épaules en souriant.

Elle se leva, enfila sa parka et murmura : « J'ai l'impression d'être aussi stupide qu'une écolière. » Elle baissa les yeux vers lui. « Je suis heureuse de vous avoir parlé, Michael. Et je garde un souvenir ému de ce que vous m'avez dit, et de la façon dont vous vous êtes comporté ces derniers mois. Vous vous donnez des airs de sauvage, mais vous êtes un être plutôt doux, en réalité. Vous êtes quelqu'un de bien, Michael Tillman, séduisant, généreux et davantage encore. N'y a-t-il pas quelque part une femme pour vous ? Je veux dire quelqu'un d'autre que... » Le mot « moi » ne franchit pas ses lèvres – malgré le désir de Michael de l'entendre prononcer.

« Je comprends ce que vous voulez dire. Qui sait ? Ma seule certitude en ce moment, ce sont mes sentiments pour vous. »

Il prit son manteau et se glissa hors de la banquette, troublé, songeant aux mois qui le séparaient d'août prochain et qui lui paraissaient une éternité.

Elle se pencha et l'embrassa sur la joue. « Ne roulez pas trop vite en moto. Je vous enverrai une carte postale. »

Elle disparut, se frayant un chemin à travers les tables jusqu'à la porte d'entrée.

Il laissa deux dollars et franchit le campus au pas de course, les pieds sur le trottoir, la tête et le cœur ailleurs. Il franchit la rivière, longea l'étang aux canards, et pénétra avec une minute seulement de retard dans la salle où il allait extraire de ses étudiants ce qu'ils avaient appris.

VI

LES Braden s'envolèrent pour l'Angleterre le 20 décembre, le jour où Michael finissait de noter les derniers examens. Quelques brillants exposés de ses étudiants adoucirent temporairement la mélancolie provoquée par le départ de Jellie. Il s'attendait à du bon travail de la part des candidats au doctorat, mais ceux qui passaient leur maîtrise dépassèrent de loin leurs aînés, lui procurant une satisfaction inattendue.

Reléguée dans un coin de la pièce de séjour, la vieille Shadow attendait un temps plus clément. Michael empila des liasses de copies sur la selle et mit en marche son ordinateur, qui partageait son bureau avec une panoplie d'outils graisseux et des tasses à café sales. Deux ou trois pressions sur les touches et le programme GradeCalc apparut. Il saisit les notes à l'écran, GradeCalc ronronna pendant trente secondes, et le classement final s'afficha, ainsi que les courbes comparatives, les écarts, et une foule de détails dont il ne tenait généralement aucun compte dans le résultat final.

Deux heures plus tard, les feuilles de classement définitives, avec en couverture une pleine page d'instructions à faire s'évanouir un ordinateur – instructions qu'il ne lut pas et n'avait jamais lues au cours de ses quinze années d'enseignement –, furent remplies et signées. Il avait vingt minutes pour les déposer avant la fermeture du bureau de l'administration, à seize heures trente. Enfilant son manteau, il traversa le campus et remit les classements.

Terminé. Libre, pour un mois. Sa vie s'était déroulée ainsi durant quinze ans, et il avait encore vingt ans semblables devant lui, à moins que le doyen ne puisse invoquer son incompétence, chose impossible, ou l'accuser de mauvaise conduite, ce qu'il ne ferait pas, car l'université au complet, à l'exception du département de comptabilité, se serait fait virer si le règlement était appliqué. Ne touchez pas aux étudiantes – telle était la règle de survie essentielle, énergiquement instaurée par le doyen précédent, un vieux de la vieille qui avait engagé Michael à la sortie de ses études universitaires. Bien avant que le harcèlement sexuel ne fasse la une des journaux, le vieux avait pondu un discours resté célèbre à l'intention des jeunes professeurs, de sexe masculin bien entendu. En résumé, il disait à peu près ceci :

« Messieurs, je sais que je m'adresse à des adultes, mais laissez-moi vous rappeler quelques vérités. Beaucoup de ces jeunes filles sont originaires du Midwest traditionnel, et elles s'attendent à vous emmener chez elles et à vous présenter papa-maman dès le premier week-end qui suivra vos ébats dans leur chambre à coucher, avec faire-part de mariage à la clé. Ne vous laissez pas tromper par leurs allures libérées. Les étudiantes représentent une source d'ennuis majeurs, je dis bien *majeurs*. Leurs petits camarades ne sont qu'une bande d'ânes, pour la plupart, et en comparaison vous allez leur paraître séduisants et rompus aux choses de la vie, tandis que de votre côté vous les trouverez pour le moins appétissantes. Les occasions ne vous manqueront pas. Certaines de ces filles vous offriront le paradis – ce campus est un vrai bordel – mais laissez tomber, du moins jusqu'à ce qu'elles ne soient plus dans vos classes. Bref, la voie de la sagesse est de les éviter purement et simplement. J'ai suffisamment de problèmes sur les bras sans voir des demoiselles en pleurs envahir mon bureau et prétendre qu'elles ont été mal notées à cause d'embrouilles prémaritales. En d'autres termes, causez-moi ce genre de désagréments et je vous enverrai poursuivre votre carrière universitaire dans la culture des choux. »

C'était un discours essentiellement destiné à éviter les complications, où n'entrait aucune compréhension de la sensibilité féminine. Michael était convaincu que ce dernier point n'avait jamais effleuré l'esprit du vieux doyen, étant donné que 99 % des professeurs étaient de sexe masculin.

Son avertissement clairement exposé, il leur avait raconté l'histoire célèbre qui faisait les délices de l'université depuis vingt-cinq ans. Un professeur de russe travaillait dans son bureau quand une étudiante était venue le trouver. Il l'avait priée de s'asseoir et d'attendre un instant pendant qu'il terminait ce qu'il avait à faire. Lorsqu'il avait relevé les yeux, elle se tenait devant lui en tenue d'Ève, la porte du bureau fermée derrière elle. Ses exigences se résumaient ainsi : donnez-moi des notes suffisantes pour passer en année supérieure ou je me mets à hurler.

Vous voulez un exemple de sang-froid dans une situation critique ? L'exemple d'un type qui a des couilles ? Le professeur de russe en avait. Il aurait pu être neurochirurgien ou cosmonaute. Il s'était levé, avait ouvert la porte de son bureau et était sorti dans le couloir en s'écriant d'une voix de stentor, désignant la jeune femme à tous ceux qui se trouvaient dans les parages : « Foutez le camp de mon bureau. Sur-le-champ ! »

L'auditoire avait eu droit en supplément à une description précise de l'anatomie du corps féminin (ça faisait partie de l'histoire, même si, à force d'être répétés, les attributs physiques de la jeune fille avaient atteint des proportions amazoniennes, sa beauté s'améliorant avec l'âge).

Michael s'était toujours demandé quelle leçon tirer de cette histoire, car on n'avait jamais su les véritables relations existant entre la jeune fille et le Russe. Mais, son exposé terminé, le doyen avait renvoyé les jeunes professeurs de son bureau, les laissant méditer sur ces deux règles essentielles qui leur éviteraient de sombrer dans la débauche : garder sa braguette fermée et la porte de son bureau ouverte.

Les deux tiers environ des professeurs suivirent ces conseils. Le reste ravagea comme une moissonneuse-batteuse le champ estudiantin féminin et ne s'en porta pas plus mal, en partie parce que les voyeurs, dans une maison de verre, n'ont aucun intérêt à lancer la pierre aux autres. Michael laissa les étudiantes en paix, pour la seule raison qu'elles ne l'attiraient pas. Trop jeunes, trop naïves, et que leur dire le matin au réveil ? « Qui as-tu comme prof de civilisation occidentale ? » Allons !

Il en avait donc terminé avec les notes, et il

était libre jusqu'au 17 janvier, date à partir de laquelle il faudrait tout recommencer. Il parcourut les couloirs du bâtiment de l'administration, admirant les planchers de chêne reluisants, respirant les effluves d'un pouvoir incompétent qui suintaient des murs et filtraient sous les portes, comme la fumée d'un village incendié où jadis fleurissaient le beau et le vrai. Le plaisir passager qu'il avait éprouvé en constatant les bons résultats du semestre se dissipa à la pensée de Jellie Braden. Il lui en voulait d'être partie en Angleterre, de l'avoir planté là à pleurer son absence.

Irrationnel ? Oui, c'était sans doute irrationnel. Il n'avait aucun droit sur elle. Elle se trouve à l'aéroport Kennedy en ce moment même, pensa-t-il, attendant que le vol de la TWA l'emporte vers neuf mois d'expériences et de rencontres nouvelles. Peut-être avait-elle raison, peut-être son départ remettrait-il les choses en ordre, le ramènerait-il au calme et lui apporterait-il d'autres sujets d'intérêt.

Puis il se mit à divaguer : Reviens, reviens, Jellie. Je veux te revoir une fois, juste une fois. Je veux poursuivre notre conversation, en savoir davantage sur tes sentiments à mon égard, que nous nous expliquions tous les deux. Mais James Lee Braden III avait emmené sa femme vers des plaisirs lointains, laissant Michael Tillman sombrer dans son sillage.

Passant devant le bureau du recteur, il s'aperçut qu'un gardien avait oublié de refermer la porte après avoir vidé les corbeilles à papier. Il jeta un coup d'œil à l'intérieur. Clarice Berenson, la secrétaire du recteur, était assise à sa table, le regard rivé sur l'écran de son ordinateur. Elle était seule dans le bureau.

Il y avait un bout de temps qu'ils se connaissaient, Clarice et lui. Elle avait vécu un temps à New York et était revenue à Cedar Bend quand son mari gynécologue l'avait plaquée pour une infirmière en psychiatrie. Après cette expérience malheureuse, elle avait adopté une attitude de défiance envers les hommes. Mais Michael et elle sortaient ensemble à l'occasion, et ils s'envoyaient joyeusement en l'air.

Clarice pratiquait sérieusement le chant et préparait une maîtrise d'espagnol. Ces activités, jointes à son travail, lui laissaient peu de loisirs. Mais de temps à autre elle aimait faire la fête. C'est alors que Michael entrait en scène, et leurs calendriers concordaient parfaitement lorsqu'il s'agissait de se donner du bon temps.

Clarice le regarda avec un sourire entendu. « Tiens, voilà le rebelle du campus ! Comment va, Michael ?

– Pas mal. Je viens de remettre mes notes et je laisse courir. Et toi ?

– Depuis que sa majesté le recteur a pris l'avion pour Los Angeles il y a deux heures, l'atmosphère est plus légère. Je range. Tu veux qu'on aille prendre une bière ?

– Mieux que ça, que dirais-tu d'une bière suivie d'un dîner ?

– Formidable. On peut même aller faire un tour au Beano ce soir. Le Bobby's Blues Band s'y produit en ce moment, à partir de neuf heures. Un bonne façon de clore le semestre, non ?

– D'accord. Mais je dois d'abord passer chez moi mettre un peu d'ordre. Disons vers sept heures ? On commence par les pâtes chez Rossetti et on termine par Beano.

– Je passerai te chercher. C'est mon tour de prendre la voiture.

– OK, à tout à l'heure. »

Rentré chez lui, Michael but une bière. Il s'assit sur la Shadow avec une brune à la main, et John Coltrane sur la hi-fi. Malachi s'étira et vint poser ses pattes sur la jambe de Michael. Il lui caressa les oreilles tout en écoutant la musique, songeant à Jellie qui s'éloignait de lui, s'envolant dans l'obscurité. Mais c'était injuste de sa part d'oublier Clarice, décida-t-il, et deux bières supplémentaires effacèrent son sentiment de solitude et le ramenèrent au présent.

Clarice n'avait certes pas la beauté de Jellie, mais de toute façon la comparaison était faussée dès le départ, car aux yeux de Michael personne n'approchait Jellie dans ce domaine. Cependant Clarice possédait une certaine classe indéfinissable, et elle était plus que jolie. Et, par ailleurs, elle n'était pas en route pour Londres.

Elle frappa à sa porte à sept heures moins dix alors qu'il enfilait un col roulé de coton blanc en harmonie avec son jean bleu délavé. Elle entra et alla prendre une bière dans le réfrigérateur. Il sautilla, pieds nus, cherchant une paire de chaussettes propres. Quand il réapparut dans le séjour, ses boots à la main, Clarice était assise sur la Shadow, vêtue d'un sweater couleur maïs et d'un fuseau de velours côtelé vert qui s'arrêtait au ras d'une paire de fins mocassins.

« Très élégante, Clarice, vraiment. »

Il était sincère, et la chaleur dégagée par trois bouteilles de bière donnait à son compliment une conviction accrue.

« Merci, professeur Tillman. Comment progressent les travaux d'entretien d'hiver sur la moto ? Je vois que la chaîne est démontée et pendue au dossier d'une chaise.

– Ah, cette chère vieille chose réclame des soins

constants ces temps-ci. Les pièces de rechange sont presque introuvables, et pour l'instant elle roule grâce aux catalogues de vente par correspondance. Jusqu'au jour où j'en serai réduit à fabriquer mes propres pièces dans un atelier quelque part. Elle et moi sommes mariés pour la vie.

– Heureuse d'apprendre que ça existe encore ! » Clarice avait mal digéré son divorce et n'essayait pas de le cacher.

« Des voyages en vue pour l'été prochain ? »

Elle renversa la tête, secouant ses cheveux blonds, avala une gorgée de bière, et lui adressa un sourire sensuel. Ils savaient l'un comme l'autre comment se terminerait la soirée.

« J'avais l'intention d'aller me balader le long du lac Supérieur. Je n'y suis pas allé depuis longtemps. C'est une jolie région, peu encombrée à condition d'éviter les périodes de vacances. Tu veux venir avec moi ? » Pourquoi lui faisait-il cette proposition, il n'en savait fichtre rien, mais il se sentait seul et abandonné soudain, et Clarice était particulièrement séduisante ce soir.

Elle connaissait sa façon de voyager et parut étonnée. Un sourire interrogateur flotta sur son visage. « Peut-être... quand pars-tu ?

– Je peux partir n'importe quand, puisque je n'enseigne pas durant l'été. Si ça t'intéresse, nous pourrons arranger cette petite virée en fonction de tes disponibilités. »

Les spaghettis étaient excellents. Ils dînèrent sans se presser, burent une bouteille de vin et bavardèrent agréablement avant de plonger dans le tourbillon du Beano vers neuf heures et demie. Bobby et le Blues Band se défonçaient : *Mets tes tennis à talons, Mama, et ta perruque sur la tête/Mets tes tennis...* Batteur, guitare, basse. Bobby chantait et jouait de l'harmonica. Et il y avait Molly Never (elle prétendait tenir ce nom de ses parents) qui faisait hurler son violon électrique, jambes écartées, escarpins et collants noirs, minijupe noire, chemise violette. On aurait dit un Peter Pan funky sorti des bas-fonds. L'orchestre atteignait un niveau sonore à vous percer les tympans.

Bobby dirigeait le même groupe depuis douze ans, et ses musiciens jouaient avec une précision et un rythme d'enfer. Il hurla dans le micro : « Et voilà un air que rendirent célèbre trois nanas noires de Memphis, aujourd'hui interprété par trois jeunes Blancs du Midwest. C'est pour ça que vous payez un max au Beano, pour ce genre de merde, pas vrai ? » La foule rugit de plaisir.

Clarice et Michael se tenaient à l'écart, attendant qu'une table se libère, ce qui pouvait prendre des heures. Ils s'égosillaient, tentant désespérément de soutenir une conversation par-dessus les hurlements stridents de la guitare de Doppler Donovan, qui se démenait, affublé d'un chapeau de cow-boy et de brodequins militaires. Bobby s'était lancé dans une imitation forcée des sautillements de Chuck Berry en entamant une de ses rengaines à l'harmonica. Le fil de l'ampli semblait lui sortir de la bouche.

Michael jeta un regard vers la banquette où Jellie et lui s'étaient tenus deux semaines plus tôt. Elle était maintenant occupée par deux jeunes couples qui disputaient un concours de buveurs de bière. Les mots qu'elle avait prononcés flottaient encore à travers la fumée et le vacarme.

« Il y a autre chose entre nous, n'est-ce pas, Michael ? »

Clarice lui passa le bras autour de la taille et le serra contre elle, suivant le rythme de la musique. Elle avait envie de danser. Mais il n'était pas à l'aise sur les pistes de danse, il ne l'avait jamais été, aussi eut-il besoin d'une autre bière pour se donner du courage.

Un étudiant arriva en chancelant, remorquant derrière lui une blonde platinée vêtue d'un jean élimé et d'un blouson de cuir noir. Une haleine fétide balaya le visage de Michael tandis que l'étudiant hurlait pour se faire entendre : « Votre cours est super, professeur Tillman, absolument super. Est-ce que je m'en suis bien tiré ? »

Michael ne donnait pas les résultats à l'avance, particulièrement dans un bar. Mais au diable le règlement, ce type s'était bien débrouillé, et l'heure était à la fête. Il prit une des serviettes imprimées du Beano et désigna le B avec un sourire en coin.

Fou de joie, l'étudiant leva les bras en l'air et rejoignit la piste de danse, où il se lança dans une série de bonds endiablés, accompagnés de moulinets des bras. Cinq minutes plus tard, il envoya une serveuse vers Michael et vers Clarice avec deux bières. C'était la fin du semestre, ils enterraient tous les morts et célébraient les vivants. Doppler Donovan entonna *Drake Neighborhood Slide*, et Clarice entraîna Michael sur la piste.

La soirée se termina comme Michael l'avait imaginé – chaude, lascive, et absolument satisfaisante. Clarice était merveilleuse au lit, et elle finit à genoux, plaquée contre le mur, la sueur ruisselant le long de son corps, criant : « Oui, Michael... oui, oui, *oh oui !* »

VII

JELLIE au loin. Ces mois d'absence furent une épreuve pour Michael. Ses chaussures de jogging clapotaient dans la neige fondue des rues de Cedar Bend, la glace s'accrochait aux mèches qui sortaient de son bonnet de laine bleue. Professeurs et étudiants flottaient dans un purgatoire climatique, à mi-chemin entre les scintillements de Noël et le réchauffement de la terre en avril. Le lierre séché recouvrait d'un manteau brun les murs de Bingley Hall, les lumières au plafond étaient froides et aveuglantes. Le vent qui soufflait des plaines canadiennes giflait la façade nord du bâtiment, hurlait le long des corridors dès qu'une porte s'ouvrait sur l'extérieur. Contrairement au vin, ou à l'étudiante de légende qui s'était dévêtue dans le bureau du professeur de russe, les hivers du Midwest ne s'amélioraient pas avec l'âge.

L'esprit occupé par Jellie, Michael menait durement ses étudiants, allant même jusqu'à organiser un cours supplémentaire de trois heures un dimanche après-midi qu'ils récupéreraient plus tard dans le semestre. Il savait que leur concentration, comme la sienne, se relâcherait dès les premières chaleurs, et il se débarrassait du plus difficile dès le début. Ses élèves ne ménagèrent pas leur peine. Vers la fin du mois de février, Michael songea à organiser une psychothérapie de groupe pour l'ensemble du campus afin de contrer l'habituelle déprime de la fin de l'hiver. Mais ils s'obstinèrent, comme de vieux marins accrochés au grand mât dans une mer déchaînée, avec une foi inébranlable en un avenir meilleur.

Puis, au-dessus de la grisaille, voleta le premier signe d'espoir sous la forme de rutilantes brochures de voyages épinglées aux panneaux d'affichage du hall. Textes et illustrations promettaient plages et soleil, forme éblouissante et teint de rêve et, moins explicitement, d'agréables aventures sous les palmiers de Floride ou de la côte sud du Texas. Entre les cours, on ne parlait plus que des conditions d'enneigement dans le Colorado ou du départ d'une douzaine d'étudiants pour South Padre Island dans un vieux minibus Dodge.

À ce stade, Michael avait suffisamment terrorisé ses étudiants les plus médiocres pour qu'ils remplissent leurs demandes de résiliation. Les autres étaient des vétérans aguerris, qui méritaient un bref intermède de repos avant qu'il ne les mène à l'assaut des falaises du savoir, peut-être même jusqu'au diplôme. Surgirent alors les habituelles requêtes : « Professeur Tillman, pourrais-je manquer votre cours avant les vacances de printemps ? Nous allons en groupe nous baigner à Daytona, et nous voudrions partir mercredi soir. »

Il dévisagea la jolie fille qui formulait cette requête – les demandes différaient à chaque printemps, mais revenaient toutes au même – et répondit : « Pourquoi croyez-vous que je vous ai coincés ici pendant trois heures un dimanche après-midi ? D'accord, vous pouvez partir plus tôt, mais procurez-vous le polycopié de mon cours sur la transposition des matrices, car je n'ai pas l'intention de le redonner. » Il lui sourit. « À présent, déguerpissez. Je dois travailler sérieusement pour tenter de sauver un monde qui n'en a rien à cirer. »

Vendredi arriva et avec lui les vacances de printemps. Un vent aigre soufflait par rafales ; alignés le long des bâtiments, moteur en marche, minibus et breaks chargés d'épouses impatientes attendaient la fin des cours. La bibliothèque était presque déserte, à l'exception de quelques étudiants en doctorat qui rattrapaient leur retard et de jeunes professeurs sur la voie de la titularisation. Lorsque Michael sortit de Bingley, à cinq heures, le campus avait retrouvé son calme.

Chez lui, il s'enfonça dans un fauteuil et contempla la photo de Jellie épinglée sur un panneau de liège au-dessus de son bureau. Debout près d'un mur de pierre, en Irlande, elle le regardait. Elle était vêtue d'une tenue de randonnée, les cheveux rentrés sous une casquette de tweed, un sac de cuir passé par-dessus l'épaule gauche. À la fin janvier, elle lui avait envoyé une carte où étaient griffonnées quelques banalités. La photo était arrivée un mois plus tard, accompagnée d'une petite lettre anodine tracée de sa fine écriture précise.

21 février

Bonjour, Michael,

Nous sommes partis pour un long week-end en Irlande, repérer les lieux en vue d'un voyage l'été prochain. J'espère que le printemps vous est clément. Nos conversations devant une tasse de café me manquent. Vous me manquez.

Jellie

Il remarqua qu'elle n'avait pas souligné « manquez » comme elle l'avait fait oralement au Beano avant son départ. Peut-être était-ce aller chercher trop loin ce qui n'existait pas. Jellie ne jouait pas les coquettes et ce qu'elle lui avait dit, à savoir que les choses pourraient reprendre leur cours normal, arriverait peut-être – pour elle du moins. Il en allait autrement pour Michael, et la photo ne faisait qu'aggraver la situation. Il restait assis immobile à la contempler pendant des heures, incapable de penser à autre chose. Comment pourrait-il continuer à vivre sans sa présence à ses côtés chaque jour de son existence ? Encore cinq mois, et elle serait de retour. Cette attente lui était insupportable et en même temps il souhaitait ne jamais la revoir. Cependant, il se retrouvait malgré lui en train d'attendre le mois d'août.

Et celui-ci finit par arriver, comme à chaque fois. L'été s'était déroulé dans une sorte de brume tranquille. Une de ces crises budgétaires récurrentes s'était abattue sur l'université, transformant le bureau du recteur en asile de fous, et Clarice avait dû repousser ses vacances à l'automne. Sans raison précise, Michael renonça à sa balade aux abords du lac Supérieur et enfourcha sa Shadow pour une longue virée sur les petites routes des Smokies, savourant le ronronnement régulier de la machine qu'il avait vingt fois réparée de ses propres mains depuis le jour où son père la lui avait donnée.

Il fit du jogging dans les rues de Cedar Bend, à l'aube, pendant que la température était supportable, entretenant sa forme physique, défiant les années, ce qui lui demandait davantage d'efforts à présent. Il était moins rapide, et les jours de pluie sa vieille blessure au genou se manifestait par des élancements aigus qui lui rappelaient ses folies de jeunesse. Parfois, il passait devant la maison de brique des Braden. Il s'arrêtait de courir un moment, contemplait le perron où Jellie et lui s'étaient tenus lors du dernier Thanksgiving, se rappelant les signaux subtils et muets que chacun avait envoyés à l'autre ce jour-là sans savoir s'ils seraient reçus.

En juin, il écrivit un article concernant l'incidence des incitations fiscales sur les grands problèmes sociaux. Il s'étonna de voir *The Atlantic* l'accepter et lui envoyer un chèque de douze cents dollars. Il en rédigea alors une version plus complète, beaucoup plus technique, pour le *Journal of Social Issues*, qui fut également acceptée, avec parution prévue pour le printemps suivant. Michael savait que son chef de département critiquerait la première publication, la jugeant trop grand public, et qu'il reprocherait à la seconde de manquer de tenue dans le domaine de l'économie pure, bien qu'il s'agît d'une revue respectée dans sa spécialité. Mais il ne se souciait guère désormais de l'opinion des membres de l'administration sur ses travaux et leurs critiques le laissèrent froid.

À la fin du mois d'août, il ne tenait plus en place. Un jour prochain, un 747 embarquerait ses passagers à Heathrow, un jour prochain, Jellie s'installerait à sa place avec un livre, Jimmy Braden parcourrait la cabine à la recherche d'un oreiller et d'une couverture. Elle lui avait raconté que Jimmy était une véritable marmotte à bord d'un avion, à condition d'avoir son oreiller et sa couverture. Rassembler son matériel de couchage était donc sa première tâche dès qu'il montait à bord. Michael imaginait Jellie, ses lunettes cerclées de métal sur le nez, l'air sage, plongée dans son livre, jetant un regard par le hublot au moment du décollage de l'avion qui la ramenait à Cedar Bend.

Les cours reprenaient dans moins d'une semaine, et il s'affairait dans son bureau, espérant apercevoir Jimmy Braden, signe du retour de Jellie, quand le téléphone sonna.

« Hello, Michael, comment allez-vous ? » Sa voix était chaude, douce, avec cette élocution claire et précise qu'il lui avait toujours connue, sauf le jour où elle lui avait confié ses sentiments secrets.

« Jellie – vous êtes de retour ou quoi ? » Il constata que sa voix tremblait légèrement, et en éprouva du dépit. Les hommes ont leur amour-propre, après tout.

« Oui, nous sommes rentrés hier dans la soirée. Jimmy dort encore, mais je souffre du décalage horaire et je tourne en rond dans la maison depuis quatre heures du matin. Avez-vous reçu la photo que je vous ai envoyée ?

– Bien sûr. Merci. Vous aviez l'air en pleine forme et heureuse. » Il ne lui dit pas qu'il l'avait épinglée au mur. La marche d'approche le long des sentiers de l'ambiguïté était une affaire délicate, et Michael voulait prendre son temps, ne pas se dévoiler trop vite.

« Oui, je me sens bien. J'ai rencontré une vieille amie du temps de mon séjour en Inde dans le métro, à Londres. Elle m'a redonné le goût du yoga, et les résultats sont formidables, pour le corps comme pour l'esprit. »

Oh, Jellie, Jellie, pensa-t-il, ne parle pas de ton corps. Laisse le pauvre homme qui est en face de toi respirer un peu, oublier les rêves impurs qui l'agitent par ta faute.

« Michael, pourrions-nous nous retrouver quelque part ? J'aimerais vous parler, mais je ne veux pas venir à votre bureau car Jimmy va sûrement se précipiter à l'université dès qu'il aura récupéré.

– Bien sûr, où vous voulez. Choisissez.

– Pourquoi pas au bar du Ramada près du centre commercial ?

– Entendu. À quelle heure ?

– Quelle heure est-il maintenant ? »

Il consulta sa montre. « Onze heures moins vingt. »

Un silence s'installa à l'autre bout de la ligne pendant quelques secondes. « Est-ce que onze heures vous conviendraient ? Je voudrais être rentrée à la maison lorsque Jimmy se réveillera. Pour ne pas avoir à lui donner d'explications.

– C'est parfait. La Shadow est dehors à la porte. Onze heures, alors ?

– Oui... Michael ?

– Je suis là. » Trop désinvolte, beaucoup trop désinvolte.

« J'ai hâte de vous revoir.

– Moi aussi, Jellie. À tout de suite. »

Il ne lui fallait que dix minutes pour atteindre le Ramada, aussi s'arrêta-t-il devant la boîte aux lettres pour y ramasser une masse de prospectus et un mot aimable du rédacteur en chef de *The Atlantic* l'invitant à lui envoyer de nouveaux articles. Cette demande le laissa songeur : peut-être pourrait-il se débrouiller comme rédacteur indépendant ? Les gains n'étaient sans doute pas suffisants pour en vivre, mais il pourrait prendre sa retraite anticipée, toucher sa pension et récolter dix ou douze mille dollars par an en bricolant sur son traitement de texte.

Il y avait aussi une lettre du département d'économie de l'université de Californie invitant tous les anciens diplômés à leur congrès d'hiver à Las Vegas. La routine. Il en recevait une chaque année mais ne s'y rendait jamais, bien qu'il attachât du prix au diplôme et leur envoyât de l'argent chaque fois qu'ils en réclamaient.

Il engagea la Shadow dans la circulation, qui devenait plus dense à cause de la rentrée d'automne, et descendit la 32e Rue, coupant la nationale 81 dix blocs plus bas. La route serpentait à travers l'un des plus jolis quartiers de Cedar Bend, et il inclina sa moto dans les courbes, notant un léger claquement de soupapes qu'il lui faudrait surveiller.

Jellie était déjà là lorsqu'il arriva. Il faisait sombre dans la salle, et il ne la vit pas tout de suite, en partie parce qu'elle était installée au fond dans une stalle sur la droite.

« Par ici, Michael. »

Jellie. Après tous ces mois, elle était devant lui et elle l'appelait. Ses cheveux noirs tirés en arrière, de grands anneaux d'argent aux oreilles, elle portait une robe d'été jaune et des sandales. En s'approchant d'elle, il se sentit gauche, étranger. Elle lui tendit la main, Michael la prit et se glissa à ses côtés. Elle l'embrassa sur la joue, puis, d'un mouvement vif, elle se rejeta en arrière et l'observa. Et il se sentit plus amoureux d'elle que jamais, toutes amarres rompues à sa seule vue, les paumes moites, le cœur tambourinant dans sa poitrine.

« Vous avez une mine superbe, Michael. Vous semblez dans une forme magnifique, et vous n'avez pas encore la coupe de cheveux de la rentrée.

– Non, j'ai remis la corvée à plus tard. J'ai

horreur d'aller chez le coiffeur, peut-être par peur de perdre ma virilité. Non, je plaisante. Mon aversion date plus vraisemblablement du jour où, à l'âge de quatre ans, je suis allé chez le seul coiffeur de Custer, qui a menacé de me couper les oreilles si je ne me tenais pas tranquille pendant qu'il s'occupait de moi. »

Elle rit. « C'est vrai ? Ça vous est réellement arrivé ?

– On ne peut plus vrai. Mon enfance, ensuite, n'a été qu'une longue route à travers les affres de l'anxiété. Vous semblez en forme, vous aussi, Jellie. J'ai beaucoup pensé à vous. »

Elle baissa les yeux, puis les releva vers lui, les baissa à nouveau. La serveuse s'approcha d'eux, alluma une petite bougie sur leur table, et leur demanda ce qu'ils voulaient boire. Jellie commanda une eau gazeuse avec une rondelle de citron vert. Michael demanda une bière, une St. Pauli Girl, une marque qu'ils n'avaient pas, ce qui l'obligea à se consoler avec une Miller.

Pendant qu'ils attendaient leur boisson, Jellie lui demanda comment s'étaient passés le printemps et l'été. Il la mit au courant de la publication de ses deux articles et vit ses yeux s'agrandir lorsqu'il mentionna *The Atlantic*. « Dites donc, c'est du sérieux. Félicitations. »

La serveuse revint. Jellie insista pour payer, et il la laissa faire.

Michael leva sa bière, et elle trinqua avec lui. « À quoi buvons-nous, Michael ?

– À notre survie. Sinon, à la retraite.

– Michael, vous n'avez pas changé. » Le reproche était amical. « Et si nous buvions à un beau jour d'été et à vos succès d'écrivain ?

– Et à votre retour ici, saine et sauve, dit-il.

– Comment marche la Shadow ?

– Pas mal, tout compte fait. C'est un combat perpétuel, mais satisfaisant. Nous sommes allés ensemble dans le Tennessee cet été, mais je ne me suis pas attardé. Les Smokies sont un cauchemar ; ils envisagent de limiter le nombre de visiteurs par un système de quotas. Puis je me suis rendu à Custer où je suis resté une semaine auprès de ma mère.

– Comment va-t-elle ?

– Elle vieillit, s'affaiblit chaque jour. J'ai peur de devoir la mettre dans une maison de repos d'ici un an ou deux. »

Jellie resta silencieuse pendant un moment. Il but sa bière, elle sirota son eau gazeuse. Il sortit ses cigarettes et lui en offrit une. Elle refusa. « J'ai cessé de fumer. C'est une décision que vous prenez malgré vous avec le yoga, ne me demandez pas pourquoi ni comment. »

Il fit un signe d'assentiment et ouvrit son Zippo d'un coup de pouce, alluma la sienne et s'appuya au dossier rembourré de la banquette. Elle s'écarta un peu de lui, de manière à pouvoir le regarder en face.

Michael se sentit las de cette valse-hésitation. « Où en sommes-nous tous les deux, Jellie ? Ces neuf mois m'ont paru une éternité. » Ces paroles à peine prononcées, il regretta d'être entré si vite dans le vif du sujet. Typiquement masculin, une pareille absence de préliminaires.

Elle ne répondit rien pendant un moment. Il avait oublié combien ses yeux étaient gris jusqu'à ce qu'elle les posât longuement sur lui.

« J'ai beaucoup réfléchi, Michael. » Les choses s'annonçaient mal, il le sentait. C'était perceptible dans les mots eux-mêmes, dans le ton sur lequel elle les prononçait. Ce qu'ils éprouvaient l'un envers l'autre ne demandait pas de réflexion. Le bonheur de la revoir commença à s'estomper, à le quitter.

Elle se tut un instant avant de poursuivre. « J'avais préparé ce que je voulais vous dire, mais c'est plus difficile que je ne le pensais. J'ai tout fait pour me convaincre que mes sentiments pour vous étaient une sorte de toquade d'adolescente envers un homme différent de ceux que j'avais rencontrés auparavant, ou du moins depuis longtemps. Mais quand vous me regardez comme ça, avec vos yeux sombres, vos cheveux qui tombent sur votre col, ce n'est plus aussi facile.

– Dites-le, Jellie. J'y suis déjà prêt.

– Je pense que vous vous en doutez, mais je dois le dire tant que j'en suis encore capable. Il faut que nous mettions un terme à tout ceci avant que les vrais ennuis ne commencent. »

Il s'y attendait, mais cela n'empêcha pas le coup de le frapper en pleine poitrine. « Jimmy m'a demandé à plusieurs reprises avant notre départ pour l'Angleterre si quelque chose me tracassait. Il me trouvait bizarre. Ce quelque chose c'était vous, Michael – non, c'était *nous*. Je songeais à nous, me laissant aller à des pensées que je ne veux pas mentionner.

– C'est normal, Jellie. J'ai eu les mêmes depuis le premier jour où je vous ai vue. Les miennes vous effraieraient si je vous en faisais part.

– Les femmes ont aussi ce genre de pensées. Laissez-moi poursuivre. Pour des raisons que vous ne saurez jamais, et dont je ne veux pas parler, je dois beaucoup à Jimmy. Vous le connaissez. Il est un peu balourd par certains aspects, mais il s'est toujours montré très bon pour moi. Jimmy a été anéanti en se voyant refuser l'accès aux meilleures universités. Ses notes étaient bonnes, mais il ne devait ses résultats qu'à un travail acharné. Ses parents lui rabâchaient du matin au soir que la seule chose importante dans la vie était la réussite. Jimmy n'est pas véritablement d'une intelligence supérieure. Il le sait et l'a accepté ; cependant il vit dans un univers, celui dans lequel il a choisi de faire carrière, où ses limites lui sont constamment rappelées, ne serait-ce que par la présence de gens comme vous, Michael.

– Oh, allons, Jellie... » Il fit une moue dubitative, affectant une attitude de modestie. Mais Jellie n'entra pas dans son jeu.

« Michael Tillman, ne jouez pas les timides, je vous prie. Ces faux airs ne vous conviennent pas, et ils ne prennent pas avec moi. Vous en imposez à Jimmy. Il a conscience de ne pas être de votre niveau. Il pourrait passer sa vie à rédiger des articles sans qu'aucun d'eux soit jamais accepté dans les revues qui vous ont publié. Je ne veux pas dire que vous réussissiez sans travailler, je sais qu'il n'en est rien, malgré votre décontraction affichée. Et Jimmy vous aime bien. Il vous aime même beaucoup, et il apprécie vos conseils et suggestions. S'il devient un jour professeur titulaire, c'est à vous qu'il le devra en grande partie.

– Jimmy est un chic type, Jellie. Il est très différent de moi, mais je le respecte pour son acharnement au travail et son génie du calcul. Je serais incapable d'en faire autant. »

Il alluma une nouvelle Merit et but une gorgée

de bière. La conversation prenait une tournure plutôt désagréable, et il ne voulait pas se laisser entraîner par Jellie sur cette voie. Elle partait à la dérive, mélangeant sa fidélité, les insuffisances de Jimmy, et ses propres émotions. Son ton était légèrement agressif, comme si elle voulait se protéger de ses propres sentiments.

« Jellie, laissez-moi résumer clairement ce que vous êtes en train de me dire. Vous débordez de bons sentiments envers Jimmy, vous éprouvez même une forme d'amour pour lui, j'en suis convaincu. Vous êtes quelqu'un d'affectueux. Et vous avez de la gratitude à son égard pour une raison que j'ignore et à propos de laquelle je ne vous interrogerai pas. Tout en soupçonnant que le nœud de toute cette histoire se trouve en Inde – mais j'imagine que vous m'en auriez parlé si vous l'aviez voulu, bien que cela ne puisse en rien affecter ce que j'éprouve pour vous. Et vous voulez vous assurer que nos sentiments mutuels en resteront là – de simples sentiments. Ai-je bien compris ? »

Elle fit signe que oui, les larmes aux yeux.

Sur sa lancée, il continua : « Voilà ma conclusion en quelques mots, Jellie Markham Braden : je vous aime, sincèrement et de toutes mes forces. Je crois que je l'ai su dès le premier regard il y a un an, lorsque je vous ai vue avec votre tailleur bleu et vos bottes noires, et que nous nous sommes assis sur les marches derrière la maison du doyen. Seigneur, et sur cette balançoire dans le parc. Vous n'imaginerez jamais à quel point je vous ai désirée alors, tout entière, tout ce dont vous êtes faite, physiquement et le reste. Tout ce qui est vous, voilà ce que je veux. Je vous veux pendant les années qui me restent à vivre, et je ne suis plus de la première jeunesse. Est-ce que vous comprenez ça, Jellie, l'intensité de ce que je ressens ?

– Michael... Non. » Elle prit son sac et en sortit un mouchoir qu'elle pressa sur ses yeux. Consciente de la situation embarrassante dans laquelle ils se trouvaient, la serveuse monta le volume de la télévision pour couvrir leur conversation. Michael lui fit un signe de remerciement, et elle lui adressa un petit sourire.

Il posa sa main sur la nuque de Jellie ; c'était la première fois qu'il la touchait ainsi. Sa peau avait exactement la texture qu'il avait imaginée, et un frisson courut le long de son bras, pénétra en lui, et il se sentit envahi d'une tristesse infinie, songeant à toutes les fois où il ne la toucherait plus. « Ne pleurez pas, Jellie. Tout ça se tassera. Nous allons panser nos blessures et promettre de ne plus jamais les raviver. Je ne suis pas sûr de pouvoir vivre dans la même ville que vous, mais je vais essayer. Sincèrement, Jellie, je vais essayer.

Peut-être même finirons-nous un jour par prendre tranquillement un café au Beano. Tout ça se calmera peu à peu, vous verrez. »

Elle remit son mouchoir dans son sac et lui prit la main gauche, la tenant serrée dans les siennes. « Vous avez raison, Michael, complètement raison. Mon Dieu, je comprends pourquoi on se sent frustré parfois face à vous et secrètement effrayé. Vous réagissez si justement et si vite. C'est ce que m'a dit Carolyn, la femme du doyen, le jour de notre première rencontre. Elle m'a dit : " Arthur a une peur bleue de Michael Tillman, et il se venge par une foule de petites vexations. " C'est pour cette seule raison que le doyen voulait s'opposer à votre nomination de professeur titulaire. Carolyn lui a dit : " Arthur, faites ce sale tour à Michael et vous me verrez agiter mon mouchoir à la fenêtre du premier train qui quittera Cedar Bend. " »

La voilà qui faisait entrer Carolyn et Arthur dans leur histoire. Elle continuait à éviter les vraies questions, mais il savait pourquoi. Une porte se fermait derrière eux, et elle aurait aimé la maintenir ouverte en même temps qu'elle la tirait vers elle.

« Jellie, restons-en là pour le moment. Vous savez où me trouver. Venez me voir si vous en avez envie. Bon sang, j'aimerais seulement vous voir, vous regarder, sentir votre parfum quand vous êtes près de moi, ce qui est trop rare à mon gré.

– C'est impossible. Il y a quelque chose de trop troublant dans le simple fait d'être avec vous. Je suis descendue de l'avion l'esprit clair, prête à vous expliquer exactement ce que je ressentais et ce que j'avais l'intention de faire, et maintenant je ne sais plus où j'en suis. Il faut que je reparte sur des bases nouvelles. Cet automne, je vais m'inscrire à un nouveau cours, et je viendrai au campus trois jours par semaine. Si je m'en sens capable, je passerai vous voir de temps en temps. Si je ne le fais pas, ce qui est probable, ce ne sera pas faute de penser à vous. Vous me comprenez, n'est-ce pas ?

– Oui. Je comprends, Jellie. Cela ne m'enchante guère, mais je comprends. Et je penserai à vous aussi. C'est tout ce que je peux faire dorénavant. »

En quittant le bar du Ramada, Jellie tira un petit paquet de son sac et le lui tendit. « J'ai oublié de vous donner ceci. »

Il déchira l'emballage. À l'intérieur se trouvait une ceinture en cuir anglais avec le mot Orville gravé au dos.

Michael prit la Shadow et roula dans un état second jusqu'à Des Moines, puis il revint à Cedar Bend dans le crépuscule. En longeant le campus avant d'arriver chez lui, il entendit la fanfare qui s'entraînait pour le premier match de football de la saison. Ils jouaient un vieil air de film. Michael ne put se rappeler ni le titre du film ni le nom de la chanson. Il avait l'esprit trop occupé par Jellie Braden. Comment allait-il passer sans elle toutes ces années à venir ?

Bingley Hall se couvrit de lumières, et décembre pointa son nez. Jimmy Braden vint souvent demander conseil à Michael, et l'équipe de football gagna plusieurs matchs. Les dimanches où elle jouait sur son terrain, les rues étaient encombrées de Cadillac et de Lincoln, conduites par des notables ventripotents qui envoyaient des chèques conséquents à l'association sportive et dont les filles appartenaient aux clubs d'étudiants les plus huppés.

Michael parcourait la salle de cours de long en large, jonglant avec un morceau de craie. « Considérons pendant un instant la nature des problèmes systémiques, les données d'une équation du style casse-tête chinois et les relations complexes et subtiles qui existent entre ces données. Il nous faut pour cela apprendre à résoudre ce que j'ai autrefois appelé le dilemme d'Archimède. » Il hésita, regarda ses élèves. « Au fait, qui était Archimède ? » Ses étudiants plongèrent tous le nez dans leurs cahiers, faisant semblant d'être très occupés.

Michael insista, les poussant dans leurs retranchements, jusqu'à ce qu'un boutonneux au premier rang réponde d'un ton hésitant : « N'était-ce pas un genre de savant ou quelqu'un comme ça ? »

Michael leur résuma brièvement la vie et les œuvres du mathématicien grec avant de reprendre le fil de son exposé. « Archimède a dit : " Donnez-moi un levier et un point d'appui, et je déplacerai le monde. " C'est l'essence même de la modélisation structurelle, un levier, un point où le poser, et un angle d'où attaquer la complexité. » Il s'interrompit, l'esprit occupé par Jellie, pendant que les étudiants prenaient des notes, se demandant si Archimède serait le sujet du prochain examen.

Une semaine après la reprise des cours, il était en train d'expliquer un point délicat de l'algèbre booléenne, l'esprit concentré, contemplant vaguement par la fenêtre le tremblement des feuilles jaunissantes dans le vent d'automne, lorsqu'il l'avait vue. Il ne l'avait pas remarquée tout de suite, tout à son souci de faire comprendre à ses étudiants l'importance d'un George Boole, ce mathématicien du XIXe siècle qui fit faire un bond de géant à la logique formelle. Mais les longues jambes élancées et la casquette de tweed avaient fini par attirer son attention – Jellie. Il s'était arrêté au beau milieu de son explication et l'avait regardée suivre la courbe du trottoir, sac à l'épaule. Jellie dans le lointain, toujours hors de sa portée. Quand elle avait disparu de sa vue, il s'était retourné vers ses étudiants. Ils le regardaient d'un air interrogateur. À cause de son expression, peut-être, ou de son attitude. Il y avait quelque chose, dans son regard ou dans l'affaissement momentané de ses épaules, qu'ils n'avaient jamais vu chez lui auparavant. Michael avait lancé un coup d'œil à l'horloge murale. Encore cinq minutes de cours. « Ce sera tout pour aujourd'hui », avait-il dit. Pendant qu'il rassemblait ses notes éparses sur le bureau, quelques étudiants l'avaient regardé à la dérobée, chuchotant entre eux. « Tu as vu son expression ? avait dit l'un d'eux. On aurait dit que le ciel lui tombait sur la tête. »

Michael ne s'était pas rendu compte de sa réaction. Jellie n'avait pas tort en affirmant qu'ils ne devaient plus se voir. C'était non seulement le seul moyen de se protéger l'un de l'autre, mais aussi de masquer leurs sentiments aux yeux d'autrui. Il avait parcouru *The Chronicle* à la recherche d'un poste de professeur dans une autre université mais, avec son rang et son salaire, un tel changement se révélait difficile. En outre, la santé de sa mère déclinant, il se sentait obligé de rester dans la région pour ne pas s'éloigner d'elle. Toutefois, il existait peut-être quelque part un poste correspondant à ses exigences et qui pourrait l'emmener loin de la ville où vivait Jellie Braden.

Quel eût été le dénouement de cette histoire s'il n'y avait eu l'épisode des canards ? Sans doute identique mais atteint par d'autres voies. Pour résumer la situation : l'administration de Bingley Hall avait décrété un jour que l'un de ses collèges phares avait besoin d'un bâtiment neuf. Les présidents ne lèguent pas à la postérité le savoir ou la reconnaissance des étudiants, ils laissent derrière eux des briques et du béton. Que ces matériaux soient ou non nécessaires importe peu. Ce qui compte c'est de trouver des fonds et de construire des bâtiments qui portent le nom des généreux donateurs qui ont servi l'université avec loyauté, mais pas forcément avec panache. *L'université de commerce et d'économie Arthur J. Wilcox* – voilà ce que vous pouviez lire dans le regard de fouine du doyen tandis qu'il parcourait d'un pas pressé les couloirs de Bingley Hall, serrant dans ses paumes moites les nouveaux plans de l'architecte. L'argent aurait pu être employé à des augmentations de salaires ou à des aides financières, mais ces préoccupations n'entrent jamais en ligne de compte dans les projets officiels. Comme le président aimait à le dire en privé : « Il est plus facile d'obtenir des fonds pour les immeubles que pour les salaires. » Cependant, en dépit des difficultés économiques de l'État, le comité avait émis un emprunt et alloué dix-huit millions de dollars à la construction du nouveau bâtiment. La décision avait été prise l'hiver précédent, et on en était aujourd'hui au stade des plans définitifs.

Arthur afficha à la cafétéria les versions successives du projet afin que chacun puisse manifester son admiration. Michael regardait distraitement un plan récent lorsqu'il remarqua que le bâtiment avait été déplacé de cinquante mètres par rapport à son emplacement initial. « Ils vont foutre cette saloperie à l'emplacement même de l'étang », dit-il sans s'adresser à quiconque en particulier. Les autres professeurs présents lui lancèrent un regard qui signifiait : « Et alors ? »

Michael alla trouver Arthur et lui expliqua l'importance de l'étang dans la tradition du campus. Ce n'était pas tant sa forme elliptique et ses belles dimensions qui importaient. C'était ses habitants, les canards et leur amical « coin-coin ».

Et l'étang était aussi un lieu propice aux promenades au clair de lune et aux tendres émois, un endroit où tant de liens s'étaient à jamais noués, sans parler d'autres rendez-vous moins platoniques au cœur de la nuit. Quand Michael regardait par la fenêtre de son bureau, il pouvait voir les canards sillonnant leur étang non loin de là, et il y avait souvent puisé du réconfort, aux moments où les problèmes du collège tournaient à la folie.

Mais des individus comme Arthur J. Wilcox

n'avaient aucun sens des traditions, notion trop peu tangible pour eux. Michael défendit âprement sa cause, sans parvenir à se faire entendre. Arthur se bornait à répéter : « Mais, Michael, nous avons besoin d'un nouveau bâtiment.

– Et les canards ? » Michael était hors de lui. « Où vont-ils aller ? Avez-vous l'intention de leur créer un nouvel étang à dix-huit millions de dollars ? »

Arthur ne comprenait rien non plus aux canards. C'était lisible sur son visage. Aussi clairement que son souhait de voir Michael débarrasser le plancher, le laissant tranquille avec ses plans.

Michael était certain qu'il n'aurait pas fait un tel esclandre à propos de l'étang sans le tumulte qui l'habitait à l'époque, alors qu'il tentait en vain de chasser Jellie de ses pensées. Il alla jusqu'à trouver le recteur, qui ne comprit pas mieux les canards qu'Arthur. Il sortit furieux de son entretien et, comme il passait d'un pas rageur devant le bureau de Clarice, il fit demi-tour et s'arrêta pour bavarder un moment avec elle.

Ensuite il demanda un rendez-vous au président. Michael plaida sa cause : déplacez le bâtiment, conservez l'étang aux canards. Le président fut tout miel. Des années d'affrontements avec des professeurs à moitié cinglés et d'anciens élèves accrochés à leur portefeuille lui avaient conféré un style et un vernis dignes des meilleurs (ou des pires, selon le point de vue) et des plus filandreux professionnels des relations publiques.

« Professeur Tillman, je comprends votre souci. La tradition est une chose importante, je vous l'accorde. Mais les temps changent, et il nous faut parfois renoncer à nos anciennes habitudes pour en forger de nouvelles. Je suis moi-même très attaché à ces canards, je suis membre de l'association Ducks Unlimited et je chasse le canard en automne. »

Michael se demandait si, outre l'incompétence professionnelle et l'absence de sens moral qu'on lui attribuait, démolir la gueule du président était un motif suffisant pour perdre son poste.

Un ancien étudiant de Michael était entré à l'université de droit pour s'établir ensuite comme avocat à Cedar Bend. Michael lui rendit visite. « Gene, que peut-on faire pour empêcher ces clowns de bétonner l'étang et les canards ? »

Toujours prêt à s'enflammer pour les causes impossibles, Gene se plongea dans l'étude du dossier. Il téléphona deux jours plus tard, indiquant d'emblée que la nouvelle construction ne pouvait être interdite par voie légale. Elle était conforme à la législation de l'État et à un plan global du Comité de l'enseignement public ayant pour objet la construction de bâtiments grandioses destinés à des cerveaux supérieurs.

« Qu'ils aillent se faire foutre, Gene ! J'irai me planter en plein milieu de cet étang et il leur faudra un treuil et des câbles pour m'en retirer.

– Michael, j'assurerai gratuitement votre défense si vous le faites. Mais vous perdrez à coup sûr. Vous feriez mieux de dépenser votre énergie à trouver un autre domicile pour les canards. »

Sachant la crainte des bureaucrates pour toute contre-publicité, Michael rédigea un long article pour le journal de l'université, à ses yeux une éloquente plaidoirie en faveur de l'étang aux canards. Une ardente controverse s'ensuivit, qui mit Arthur hors de lui.

Sa rage décupla le jour où des étudiants chevelus appartenant à la section socialiste défilèrent tout autour de Bingley Hall, pieds nus dans leurs sandales et portant des pancartes où l'on pouvait lire « Sauvez les canards ». Les recruteurs des grandes compagnies venus interviewer la crème des étudiants déclarèrent à Arthur qu'ils étaient là pour engager des citoyens responsables, non des gauchistes. Il les invita à prendre un verre au club de l'université et leur assura qu'il s'agissait d'une de ces manifestations périodiques dues au laxisme qui avait régné dans les universités durant les années soixante mais que l'ordre serait bientôt rétabli. Puis il les emmena dans son bureau, déroula les plans, et leur montra l'espace somptueux réservé aux salles d'entretiens dans le nouvel édifice. L'adhésion fut générale.

Pendant quelques jours, le journal de l'université publia un flot continu de lettres prenant violemment parti pour ou contre. L'une des librairies imprima des T-shirts portant l'inscription *Des canards, pas du béton,* vendus douze dollars pièce et démontrant une fois de plus que le capitalisme sait même tirer profit de la cause de ses ennemis. Michael s'étonna de trouver dans le journal une lettre de Jellie soutenant son point de vue. C'était une lettre bien sentie. Et il se dit qu'elle lui avait certainement attiré des ennuis chez elle, car Jimmy était venu le trouver, s'étonnant que Michael puisse faire un tel foin pour sauver une dizaine de malheureux volatiles.

Mais Michael était le seul à s'y intéresser sincèrement. Les chevelus défilèrent, Arthur s'impatienta, et les bulldozers apparurent derrière de gros camions maculés de boue. Pariant sur un hiver clément, les entreprises s'apprêtaient à creuser dès le lundi suivant. Michael savait que les canards apprivoisés ne s'en tireraient pas seuls une fois l'étang comblé, et il avertit la Société protectrice des animaux. Celle-ci fit passer un avis dans le journal annonçant que toute personne désireuse d'aider au transfert des oiseaux pouvait se présenter dans la matinée du samedi et se préparer à patauger.

Une fine gelée blanche recouvrait l'herbe d'automne lorsque Michael arriva au petit jour sur sa Shadow. Immobile sur la selle, il contemplait pour la dernière fois l'étang, dernier vestige de la tradition, quand il aperçut sur la route une silhouette qui se dirigeait vers lui. Jellie. Jellie dans la lumière du matin. Jellie devant l'étang aux canards. Elle portait un vieux jean et des chaussures de marche, un gros pull et un bonnet rouge orné de l'inscription *Adulte*. Ses cheveux étaient coiffés en queue-de-cheval, et elle souriait.

« Bonjour, Michael, que ne ferait-on pas pour ces pauvres canards ! »

Il l'aima à cet instant plus que jamais auparavant.

« Jellie... merci d'être venue. »

Elle s'approcha de lui, lui saisit le bras et s'appuya à la Shadow, la tête contre son épaule. Ce contact physique inattendu le surprit. Peut-être finirons-nous par demeurer bons amis, rien de plus, se dit-il. Cette pensée ne dura qu'un instant. Rester un ami pour Jellie et rien de plus lui était impossible.

Les représentants de la SPA arrivèrent en camion, accompagnés d'un professeur du département de biologie. Il apportait des cages et un filet fait pour être projeté au-dessus de l'étang à l'aide de fusées. Michael regarda le professeur et ses aides, en cuissardes et combinaisons, déployer le filet le long de la rive tandis que les canards s'éveillaient et nageaient en rond, affolés, clamant leur effroi à la cantonade.

Jellie et Michael s'approchèrent du bord de l'eau où le professeur se tenait accroupi, occupé à régler ses appareils. Il se redressa et jeta des miettes de pain dans l'eau. La frayeur est une chose, la convoitise en est une autre et les canards foncèrent vers cette pâture inespérée en cancanant. Quand ils furent suffisamment près, le biologiste fit partir ses fusées et le filet se déploya au-dessus de l'étang, passant devant le disque du soleil, et retomba sur les dix canards pris au piège.

Il ne restait plus qu'à ramener doucement les oiseaux vers la rive et à les mettre en cage. L'affaire prit moins de dix minutes. Le biologiste roula son filet pendant que Jellie et Michael portaient les trois cages jusqu'au camion et les chargeaient à l'arrière. Une femme arborant sur sa chemise l'inscription *Société protectrice des animaux des États-Unis* déclara : « Nous les emmenons à Heron Lake, au nord de la ville. Vous connaissez ? »

Michael fit signe que oui. « Je vais vous suivre en moto. » Il regarda Jellie. « Voulez-vous monter derrière moi ? »

Elle se tourna vers la femme de la SPA. « Nous vous retrouverons là-bas. »

À cet instant, Michael eut l'impression que sa décision dépassait les problèmes de transport. Il mit le contact et aida Jellie à se mettre en selle. Elle n'était jamais montée sur une moto auparavant, et il lui donna quelques rapides explications sur la manière de poser ses pieds et de s'incliner en même temps que lui dans les virages. Elle lui entoura la taille de ses bras et il démarra à la suite du camion.

Le campus était paisible en ce samedi matin, l'air se réchauffait rapidement, encouragé par un gros soleil rouge. La Shadow roulait avec souplesse le long des rues de Cedar Bend en direction de la campagne, s'enfonçant sous des voûtes de feuillage rouge et jaune. Les bras de Jellie se resserrèrent autour de Michael. Il sentait son corps plaqué contre son dos. Ils pourraient partir très loin d'ici, s'il laissait la moto filer sur la route.

Ils bifurquèrent à l'entrée du parc national, suivant toujours le camion et son chargement. Traversant le parc, ils atteignirent Heron Lake, qui reposait, frais et serein, sous un ciel clair. Les canards furent déposés sur la rive et, reconnaissant leur élément, quittèrent leurs cages en se dandinant et se dirigèrent immédiatement vers l'eau, barbotant à la recherche de leur nourriture.

C'était ça la vie, songea Michael en regagnant la ville. Jellie et lui, la Shadow, un matin limpide d'automne et la route se déroulant devant eux. Au lieu de quoi, il la ramenait vers James Lee Braden III, qui avait probablement réservé des places pour le match de football de l'après-midi. Il regarda sa montre – huit heures quinze. L'attendaient une longue journée et une longue existence.

Jellie cherchait à lui dire quelque chose, mais le bruit du vent mêlé au grondement du moteur couvrait sa voix. Michael ralentit, se mit en roue libre, et renversa la tête vers elle. Elle posa sa main sur son cou, et parla doucement tout contre son oreille : « Michael, pouvons-nous aller chez vous ? » Il tourna la tête une seconde et regarda ses yeux gris. Elle lui souriait à moitié. Avec un regard étrange, chaud, aimant.

Il fit un signe d'acquiescement et sentit un frisson le parcourir. Elle pressa sa joue contre son dos et enfouit ses mains sous son blouson, à l'intérieur de sa chemise. La Shadow le ramenait chez lui, comme si souvent au cours des années passées. Et elle emmenait Michael et Jellie Braden vers un avenir auquel ils avaient pourtant renoncé. Lorsqu'ils mirent pied à terre devant son immeuble, la fumée des feuilles mortes qui brûlaient dans le voisinage flottait dans l'air. Au loin, on entendait jouer la fanfare de l'université pendant la session d'entraînement qui précédait le match.

Il ouvrit la porte et ils pénétrèrent dans un univers d'homme seul. Des assiettes dans l'évier, un jean sur le plancher, des vitres grises de poussière. Une petite cuisine, une grande salle de séjour, une chambre à l'écart à laquelle on accédait par une deuxième porte. Dans l'angle du séjour jouxtant la cuisine était disposée une table d'érable marquée d'entailles sur laquelle il prenait ses repas. Les trois chaises qui l'entouraient étaient dépareillées et bancales. Une salière et un poivrier en céramique étaient restés sur la table à côté d'une pile de serviettes en papier.

Près de la table et le long du mur se trouvait l'espace réservé au travail. Son bureau était fait d'une porte de bois brut de trois mètres de long posée sur des tréteaux. Des rayonnages de planches et de briques l'encadraient, et il était surmonté d'une longue étagère d'un seul tenant où s'alignaient ses ouvrages de référence. Au milieu du bureau trônait un ordinateur allumé. À une extrémité, une chaîne hi-fi disparaissait à moitié sous une quantité de cassettes entassées pêle-mêle.

Jellie retira son bonnet et posa sa parka sur le dos d'une chaise. Elle regarda autour d'elle. Elle savait très peu de chose concernant Michael Tillman, au fond. À vrai dire, elle ne s'était jamais trouvée vraiment seule avec lui. « Je crois qu'un drink serait le bienvenu, dit-elle. Avez-vous quelque chose de fort ?

– De la bière, du vin, et peut-être (il ouvrit la porte d'un placard et regarda à l'intérieur) un reste de bourbon. » Il sortit la bouteille et l'éleva à hauteur de ses yeux. Elle était au tiers pleine. Clarice avait une préférence pour le bourbon lorsque leurs nuits se prolongeaient.

Jellie prit une profonde inspiration. « Deux doigts de Jack Daniel's avec des glaçons et un peu d'eau feront l'affaire. »

Michael resta immobile pendant un moment, la bouteille de bourbon à la main. « Ça va ?

– Oui. » Elle sourit et repoussa les mèches qui lui retombaient sur le front. « À quatre-vingts pour cent en tout cas.

– Je peux vous ramener chez vous si vous le désirez. »

Elle secoua la tête, faisant osciller les petits pendants d'oreilles en argent qu'elle avait rapportés d'Inde. « Buvons d'abord. »

Il possédait quatre verres. Et tous les quatre étaient dans l'évier, sales. Il en lava un et sortit un bac à glaçons du réfrigérateur.

Jellie passa lentement devant la table de travail, laissant négligemment traîner un doigt le long du rebord. Son regard s'attarda sur deux photographies fixées au mur. L'une d'elles la montrait devant un mur de pierre en Irlande. L'autre était un vieux tirage en noir et blanc, gondolé et jauni, représentant une jeune femme vêtue d'une robe longue et un homme barbu en pull-over sombre à col roulé, jean et sandales. Elle examina la seconde photo et reconnut les yeux. « Est-ce vous ? »

Il tourna la tête vers elle. « Oui. Il y a longtemps, à Berkeley. » Il lui tendit son verre. « Elle s'appelait Nadia. Elle est devenue l'une de ces implacables féministes – elle était déjà sur la voie à cette époque –, elle travaille pour la Fédération nationale des femmes. Nous échangeons des cartes de vœux à Noël. »

Jellie ne fit aucun commentaire. Elle lisait les mots inscrits sur l'écran de l'ordinateur. *C'est ici que j'entends le murmure des choses immuables. J'y viens à l'aube, j'y viens au crépuscule et à toutes les heures du jour. J'écoute le froissement des robes blanches de l'aurore et des chants grégoriens. J'y viens parce que la réalité du passé vit ici, cette réalité que je comprends sans savoir pourquoi.*

« Vous écrivez ? » Elle but lentement son bourbon en désignant l'écran.

– Mmm, j'essaie, je m'amuse à imaginer qu'un roman sortira peut-être un jour de moi. »

Il posa la bière qu'il était en train de boire sur le comptoir.

« Pour de bon ?

– Qui sait ? C'est plus difficile que je ne l'aurais cru. Quand il s'agit de sujets académiques ou de communications, vous restez toujours lié au concret. Le plus ardu, c'est d'avoir la liberté d'inventer. C'est assez curieux – dans la fiction, vous racontez un tas de mensonges et tout le monde vous en félicite.

– Des mensonges justifiés. Je suppose que cela arrive aussi dans la vie réelle.

– Si vous avez le sens de la relativité. Et cela peut devenir une nécessité pour protéger quelqu'un d'un monde devenu trop dur et trop cruel. »

Dans le coin opposé, un chevalet était replié et posé contre une fenêtre.

« Vous peignez aussi ? »

Michael fit la moue et enfonça ses mains dans les poches de son jean. « Je bricole. Je connais un type, un dénommé Wayne Regenson, au département d'art. Lui et sa femme ont périodiquement des bagarres mémorables. Dans ces cas-là, il vient me voir, chercher un peu de réconfort auprès d'un individu de sexe masculin. Je ne suis pas le meilleur pour ça, mais c'est mieux que rien, probablement. En échange il essaye de m'apprendre les rudiments de la peinture. Ça rentre lentement. Très, très lentement. Par certains côtés, pourtant, la peinture offre des analogies avec les mathématiques – les vraies mathématiques –, on éprouve la même sensation au niveau cérébral. L'élégance de l'expression avec peu de moyens, la combinaison de la technique contrôlée par l'hémisphère gauche et de l'intuition commandée par l'hémisphère droit.

– Comme le tir en suspension ? »

Il réfléchit un instant. « Oui.

– Est-ce l'une de vos peintures ? » Elle regardait une toile accrochée au mur. Elle représentait un ensemble de verticales noires, d'où jaillissaient des rayures vertes et un ruban jaune qui serpentait hors champ, revenait aux lignes noires, s'éloignait vers le fond de la toile et finissait par disparaître dans un éclat rouge.

– Oui, c'est la seule dont je supporte la vue. Pour dire la vérité, j'ai un faible pour elle.

– Moi aussi. Porte-t-elle un nom ?

– Je l'ai intitulée *La Mort du papillon.* »

Jellie inclina son verre et but une longue gorgée de Jack Daniel's. Elle pivota sur elle-même et le regarda, puis tourna les yeux vers la fenêtre. Sous la lumière crue de novembre, il remarqua les premières rides qui apparaissaient sur son visage.

« C'est très étrange, Michael. Toutes nos conversations, nos résolutions fondées sur le sens du bien et du mal... tout ça. » La fanfare de l'université défilait dans la rue un peu plus loin. *Nous marcherons sans peur, entendez notre cri, entendez notre cri.* Jellie Braden regardait les feuilles assombries de cette fin d'automne s'agiter et tomber sur les pelouses, tourbillonner dans la brise légère qui se levait à l'ouest.

Michael garderait à jamais cette vision d'elle ce matin-là à Cedar Bend, devant le paysage d'arrière-saison qui s'encadrait dans la fenêtre. Lui tournant le dos, elle leva un bras et ôta l'élastique qui maintenait sa queue-de-cheval, libérant son épaisse chevelure noire. Puis, dirigeant vers lui son regard, ses yeux gris emplis d'une douceur nouvelle : « Je suis un peu nerveuse. Cela fait longtemps, depuis... enfin, longtemps.

– Quand devez-vous rentrer chez vous ?

– J'ai toute la journée. Jimmy participe à une réunion d'anciens élèves au campus. Ils assisteront ensuite au match et ça se terminera par un dîner. Pour ma part, je ne supporte plus toutes ces démonstrations d'amitié virile. Et par ailleurs (elle sourit) il y avait les canards. »

Au milieu de l'après-midi, les vociférations de la foule montant du stade parvinrent faiblement jusqu'à eux, troublant à peine la mélodie des ballades de Cleo Laine et la douceur des mots que chuchotait Jellie.

« Si Dieu existe vraiment, Il existe en des instants

tels que celui-ci », lui avait dit un jour un homme en bengali. Et elle murmurait les mêmes mots à Michael dans sa propre langue, les yeux levés vers lui, caressant son visage, incapable malgré son amour d'oublier l'autre, voire confondant les deux, bien qu'elle s'en défendît.

Michael vit le sang battre au creux de sa gorge, ses yeux s'élargir tandis qu'elle arquait ses seins et son ventre vers lui, plongeait son regard dans le sien tout en se renversant en arrière, pendant que l'envahissaient l'Inde et ses souvenirs, que le temps s'effaçait et qu'elle se retrouvait dans les montagnes d'un pays lointain où des mains brunes pressaient ses seins. « Ouvre-toi davantage, Jellie, ordonnait une voix autoritaire. Je veux tout de toi. Abandonne-toi. » Elle avait alors poussé un long cri, un cri exprimant à la fois l'effroi et le plaisir. Et c'était ce même cri qui lui échappait aujourd'hui, une plainte étouffée, presque un gémissement, au souvenir des sensations anciennes qui la submergeaient à nouveau entre les bras de cet être singulier, de cet homme solitaire vivant dans un univers secret.

Ce jour-là, Michael comprit que l'émoi de Jellie ne devait rien à l'expérience qu'elle avait vécue avec Jimmy Braden. Dans le domaine de la sensualité, elle avait franchi des limites au-delà desquelles Jimmy ne s'était jamais aventuré. Il y avait quelque chose de particulier dans l'abandon de sa nudité. Dans la façon dont elle se mouvait sans entrave ni retenue, donnant libre cours à son plaisir, dans l'art consommé avec lequel ses mains le caressaient. Il y avait eu quelque chose de particulier aussi dans le naturel de ses propos quand ils s'étaient étendus sur le lit, encore habillés, et qu'elle s'était écartée de lui, souriant. « Ce serait quand même plus facile si j'enlevais mon jean ! »

Plus tard, lorsque le match eut pris fin, il sortit dans la rue, se mêlant au flot des voitures, et alla acheter un pack de bières. À son retour, Jellie était assise en tailleur sur le lit. Elle lui sourit, ses cheveux emmêlés lui couvrant les seins. Il s'allongea près d'elle, et elle lui effleura tendrement la poitrine. « Ça valait la peine d'attendre », dit-elle doucement. Couché en travers de la porte, le museau posé sur ses pattes, Malachi levait vers eux son regard brun. Sur le comptoir de la cuisine, Casserole se léchait une patte.

Michael parcourut lentement d'un doigt le corps de Jellie. « C'est ce que tu dis *maintenant*. Pourtant ce n'était pas mon sentiment pendant que j'attendais. » Il se souleva sur un coude. « On peut trouver ça bizarre, mais l'amour me creuse toujours l'appétit. Que penserais-tu d'un sandwich au fromage ? C'est à peu près tout ce que j'ai à t'offrir. »

Elle se pencha et l'embrassa. « C'est Byzance.

– Surtout si tu restes en tenue d'Ève.

– Étant donné la suite probable – et souhaitable – des événements, je ne vois pas pourquoi perdre mon temps à me rhabiller. » Elle sauta à bas du lit. « En route pour un festin nu. Qui a parlé de ça, un festin nu ? Je devrais le savoir. William...

– Burroughs. Ce vieux fêlé de Willi S. *Le Festin nu*, c'est le titre d'un de ses livres.

– Va chercher le pain, Captain America. Je meurs de faim moi aussi. »

Deux semaines plus tard, elle était à l'autre bout du monde. Elle avait eu des accès de culpabilité envers Jimmy. Michael aussi. Il était même arrivé à Jellie d'en pleurer.

« Comment puis-je me montrer à ce point sans cœur et en même temps si insouciante ? Je tiens tellement à toi que rien d'autre ne compte, ni la culpabilité ni le reste. »

Quelque chose s'était détraqué dans son mariage. C'était latent depuis des mois, et le semestre passé en Angleterre avait servi de révélateur, mettant en relief les sujets de désaccord. Michael lui demanda s'il ne s'agissait pas simplement d'une justification destinée à apaiser leur conscience.

Elle secoua la tête. « J'ai constamment à l'esprit le mot “ inertie ”. Souvent je pense que les gens continuent à vivre ensemble simplement par inertie.

J'ai l'impression que Jimmy et moi chevauchons un cheval fatigué, mais nous continuons parce que nous n'imaginons pas d'autre issue. Le rêve de Jimmy est d'obtenir un poste administratif dans une université, doyen, ou un truc de ce genre, et devenir femme de doyen est loin de m'exciter. Je lui ai dit que je voulais terminer ma maîtrise, tenter ensuite le doctorat, et entrer dans l'enseignement. Il m'a répondu qu'il nous serait difficile d'obtenir les postes que nous désirions dans la même université. Nous nous sommes querellés à ce sujet à plusieurs reprises en Angleterre. »

Michael la laissait parler, clarifier les sentiments complexes qui l'agitaient. Par certains côtés, Jellie avait une personnalité plutôt traditionnelle. Par d'autres, elle était à l'image de la femme moderne, émancipée, déterminée à imprimer sa propre marque sur le monde. Tout cela était déjà assez compliqué à débrouiller, et voilà qu'il avait fait son apparition dans le tableau, ajoutant un peu plus à la confusion. Même si elle se récriait lorsqu'il y faisait allusion, affirmant qu'il n'y était pour rien. Ce qui était faux, bien entendu.

Jellie devait se rendre à Syracuse pour Thanksgiving. Ses parents étaient venus à Cedar Bend l'année précédente, et c'était à son tour de leur rendre visite. La veille de son départ, Michael et elle passèrent l'après-midi ensemble, et il remarqua un changement imperceptible dans son attitude, une sorte de tristesse qui l'inquiéta malgré lui.

« Tu es préoccupée, Jellie ? »

Elle lui adressa un regard aimant. Ses sentiments pour lui ne faisaient aucun doute, pour autant qu'il pouvait s'en rendre compte.

« Non, pas vraiment. »

Il n'insista pas, pensant que cet accès de mélancolie ne durerait pas.

Pendant le long week-end de Thanksgiving, Michael s'occupa tant bien que mal, comptant les heures jusqu'au retour de Jellie. Le jour traditionnel de la dinde, il se prépara un sandwich au thon et le mangea en regardant le polaroïd représentant Jellie près du mur de pierre en Irlande. Le clavier de l'ordinateur était couvert de poussière, et la Shadow avait besoin de réparations, mais il n'avait envie de rien, excepté de faire son jogging matinal et de penser à elle.

Le dimanche soir, le directeur de son département lui téléphona pour lui demander s'il pouvait se charger du cours d'économétrie de Jimmy le lendemain. Jimmy avait été retenu à Syracuse – un problème personnel au sujet duquel il ne savait rien de plus. Michael crut devenir fou d'angoisse, tourna comme un lion en cage dans son appartement, frappant du poing sur les murs, sous le regard affolé de Malachi et de Casserole.

Le lundi soir, il n'avait toujours aucune nouvelle. Il demanda le numéro de téléphone des Markham aux renseignements et le composa. Eleanor Markham répondit. Il fallait qu'il tombe sur la mère ! Il prétexta qu'il remplaçait Jimmy pour demander combien de temps durerait son absence. Cousu de fil blanc, mais il n'avait pas eu de meilleure idée.

Mme Markham se montra réservée à l'autre bout du fil, froide – glaciale, à la vérité. Elle lui répondit que Jimmy était en route pour Cedar Bend. Elle avait eu un pressentiment en voyant Jellie et l'homme à la moto un an auparavant. Michael devina qu'elle en savait davantage aujourd'hui. Elle avait dit que *Jimmy* était sur le chemin du retour. Elle n'avait pas mentionné leurs deux noms, ni utilisé le pluriel, qui aurait indiqué qu'il rentrait avec Jellie. Michael réprima un cri et se retint de demander des nouvelles de Jellie ; il avait senti qu'Eleanor Markham n'avait aucune envie de poursuivre la conversation.

En raccrochant, il eut l'impression que son cerveau allait littéralement exploser. Un quart d'heure plus tard, la sonnerie du téléphone retentit. C'était Jimmy. Il venait de rentrer et avait besoin de le voir immédiatement. Michael répondit : « Bien sûr, pas de problème, venez dès que vous voudrez », craignant de se montrer trop empressé, mais Jimmy ne s'attachait pas à ces détails, et de toute façon il ne s'aperçut de rien.

Il frappa à la porte cinq minutes plus tard. Au premier coup d'œil, Michael sut que l'affaire était grave. Sans cravate, hirsute, à moitié dépenaillé, Jimmy Braden ne ressemblait en rien à l'élégant jeune professeur style Newport que Michael avait toujours connu.

« Michael, il m'arrive une chose affreuse, et je ne puis en parler à personne sauf à vous. Je suis effondré. »

Une voix en Michael criait : « Jimmy Braden, pauvre petit con, que se passe-t-il ? Où est Jellie ? » Elle hurlait si fort que Jimmy aurait dû l'entendre, mais il n'écoutait pas. Il resta simplement affalé sur une chaise de cuisine, la tête entre les mains, et se mit à pleurer. Michael se contrôla – pas d'affolement, mon vieux, reprends-toi, reste calme, et pose les bonnes questions.

« Racontez-moi, Jimmy. Qu'est-il arrivé ? Cela a-t-il un rapport avec Jellie ? »

L'autre continua à sangloter et hocha la tête. Garde ton sang-froid, pose la seule question importante, va à l'essentiel, laisse tomber toutes les salades et tous les à-côtés. « Où est Jellie ? »

Jimmy leva les yeux, hoquetant bruyamment. « Elle est partie en Inde !

– Quoi ? s'écria Michael. En Inde ? Pour quoi

faire, nom de Dieu ? Remettez-vous et racontez, Jimmy. Comment voulez-vous que je vous aide si vous ne me mettez pas au courant ? Pourquoi est-elle partie ?

– Je n'en sais rien. Nous ne nous sommes pas disputés, nous n'avons eu aucun différend. Samedi matin, Jellie a simplement déclaré qu'elle avait besoin de réfléchir à certaines choses et qu'elle partait pour l'Inde. Bon Dieu, Michael, je l'ai suppliée, je me suis roulé à ses pieds, je lui ai dit que si elle avait un problème, n'importe quel problème, nous trouverions une solution, mais elle n'a pas voulu en parler. Elle n'était pas agressive ou froide, non, rien de semblable, elle était seulement incroyablement lointaine, perdue dans ses songes. Ce fut une scène pénible, un vrai cauchemar. Ses parents hurlaient, mes parents hurlaient. J'ai erré en titubant à travers la maison, pendant que Jellie faisait ses valises.

– Bon, dit Michael. Nous ignorons le « pourquoi » de son départ, mais connaissez-vous au moins l'endroit où elle s'est rendue ? Elle a un jour mentionné la ville de Pondichéry, dans le Sud-Est. Est-ce là-bas qu'elle est partie ?

– Je n'en sais rien. »

Jimmy s'était remis à renifler. Michael parcourut la pièce du regard, dans l'espoir vain de trouver une boîte de Kleenex, alla aux toilettes et en rapporta un rouleau de papier. Jimmy en déchira une longueur et s'essuya les yeux. Il se moucha et balbutia d'une voix étranglée et mouillée : « J'ai essayé de découvrir sa destination, mais les compagnies aériennes ne donnent pas ce genre d'informations. L'Inde est un monde immense, comment deviner où se trouve Jellie ? Mais vous avez raison, elle a séjourné un certain temps à Pondichéry lors de son premier voyage. »

Jimmy ne buvait ni café ni bière. Michael lui servit un verre de jus d'orange, alluma une cigarette, et alla s'asseoir sur la selle de la Shadow, les bras croisés. Levant les yeux, il aperçut le portrait de Jellie épinglé en évidence au-dessus du bureau. Profitant d'un moment d'inattention de Jimmy, il prit la photo et la glissa sous les papiers entassés sur son bureau. Jimmy Braden était assis, courbé en avant, les coudes sur les genoux, à cette même table de cuisine où Michael avait fait l'amour avec sa femme une semaine auparavant, envoyant le sel et le poivre valdinguer par terre. Elle riait alors.

« Quand est-elle partie, Jimmy ? Par quelle compagnie aérienne au départ de New York ?

– Samedi soir. Elle est partie samedi soir. Elle a pris un vol de Syracuse pour Kennedy. Elle n'a même pas voulu que je l'accompagne à l'aéroport et ne m'a pas dit quel vol elle comptait prendre ensuite au départ de New York.

– Toute cette histoire ne lui ressemble pas », dit Michael. Il la revoyait, enjouée, souriante, affectueuse. Cela ne lui ressemblait en rien.

« Je sais bien que ce n'est pas son genre. C'est ce qu'il y a de plus étrange, Michael. Son comportement est incompréhensible. »

C'est peut-être le contraire, se dit Michael. Peut-être Jellie Braden avait-elle un passé secret, un passé que ni lui ni Jimmy ne connaissaient.

« Jimmy, je vais vous poser une question. Libre à vous de ne pas y répondre. Cela ne me regarde sans doute pas, mais j'ai eu l'impression que Jellie évitait de parler de son séjour en Inde. Lui est-il arrivé quelque chose de particulier là-bas ? »

Jimmy le regarda franchement. « Je ne peux rien vous révéler à ce sujet. Je vous le dirais si je le pouvais, mais c'est impossible. Absolument impossible. Je vous en prie, comprenez-moi. »

Michael lui sut gré de cette attitude et de sa détermination à s'y tenir. Il lui eût été facile dans ces circonstances de se laisser aller, et pourtant il n'en fit rien. Il remonta d'un cran dans son estime.

« Très bien, alors laissez-moi vous poser cette autre question : pensez-vous que ce qui a pu lui arriver en Inde ait un rapport avec sa décision d'y repartir aujourd'hui ?

– Je l'ignore. Si elle m'a dit la vérité sur son expérience passée, je ne vois aucune raison à son retour là-bas. Comme je vous l'ai précisé, je ne peux rien en dire, si ce n'est que tout cela semblait terminé depuis bien longtemps, du moins c'était ma conviction. »

Michael avait besoin d'un temps de réflexion, besoin de se retrouver seul pour examiner les décisions à prendre. Mais il ne voulait pas laisser Jimmy rentrer chez lui dans cet état.

« Jimmy, voulez-vous que je m'arrange pour vous faire remplacer pendant quelque temps, jusqu'à ce que vous vous soyez ressaisi ?

– Non, j'ai besoin d'agir. Je ne suis pas du style à me morfondre sans rien faire, à me livrer à l'introspection. Il me faut reprendre pied, et mon travail à l'université m'y aidera. Jellie a simplement besoin de temps pour réfléchir, j'en suis convaincu. »

L'estime que Michael lui avait portée un instant auparavant baissa instantanément. Mon pauvre vieux, pensa-t-il, laisse tomber toutes ces conneries. L'université et le reste. Prends le premier avion pour l'Inde et pars à la recherche de ta femme. Parle-lui, essaie de tirer les choses au clair. Mais ce n'était pas dans le tempérament de Jimmy Braden. Il allait se replier sur lui-même, encaisser le coup et espérer.

Jimmy Braden n'avait jamais vidangé la voiture d'un banquier sous le soleil au cœur de l'été, avec un vent brûlant qui collait à la peau les vêtements graisseux. Il n'avait jamais piqué une tête sous le capot d'une bagnole et écouté le ralenti d'un moteur tandis que son père titubait en l'insultant avec une flasque de whisky dans sa poche. Et Jimmy Braden ne s'était jamais élevé dans les airs avec un genou à moitié bousillé sous le regard de douze mille abrutis hurlant pour ou contre lui.

Jimmy avait compté sur l'influence et l'argent de sa famille pour le propulser dans la vie. Il n'avait jamais vécu à la dure, n'avait jamais appris à prendre de véritable décision – quand vous n'avez pas besoin d'escalader les montagnes, pourquoi apprendre l'escalade ? Telle était l'attitude de Jimmy, et Michael la comprenait.

Mais ce n'était pas la sienne. Et, à ce moment précis, il se sentit navré pour Jimmy Braden. Il aurait dû éprouver cet élan vieux de quarante mille ans, du temps de la préhistoire, lorsqu'il fallait se battre pour garder ce qui vous appartenait, sous peine de se laisser déposséder par les forces hostiles. La civilisation a ses avantages, mais elle avait privé Jimmy et ses semblables de leurs instincts vitaux.

Le calme à peu près revenu, Michael estima que le mari de Jellie Braden serait capable de trouver son chemin dans la nuit, et il le raccompagna à sa Buick. Jimmy lui répéta que la perspective de reprendre ses cours le réconfortait, qu'au moins il lui resterait toujours son travail et qu'ils pourraient reparler plus paisiblement de toute cette histoire le lendemain.

Il laissa échapper une remarque inattendue, avouant que sa première réaction avait surtout été dictée par l'amour-propre. Visiblement, certains instincts primitifs de l'homme *étaient* encore présents en lui, mais il était incapable de faire le pas suivant.

Avant que la voiture de Jimmy n'ait tourné à l'angle de la rue, Michael cherchait dans les pages jaunes les numéros de téléphone des compagnies aériennes.

VIII

Si vous cherchez le moyen le plus rapide de vous rendre en Inde, adressez-vous à Air India. C'est la compagnie nationale et elle est excellente. Tous les jours à vingt heures trente, le vol 102 décolle de Kennedy et fait une escale de deux heures à Londres le lendemain. Après quoi il poursuit non-stop jusqu'à Delhi ou Bombay, desservant alternativement les deux villes.

Il existe d'autres possibilités, généralement plus compliquées. L'Aeroflot peut vous emmener à Delhi, avec une longue escale à Moscou. Avant de disparaître, Pan Am desservait Delhi deux fois par semaine depuis New York, *via* Francfort. Il s'agissait là des principaux vols à destination de l'Inde, sauf celui de British Air, que Michael n'avait jamais utilisé. Les routes par l'ouest sont encore plus indirectes, nécessitant de recourir à plusieurs compagnies, avec des escales à Bangkok, Kuala Lumpur ou Singapour.

Après avoir vérifié dans son atlas la situation exacte de Pondichéry, Michael téléphona à Air India. Tous les vols étaient complets pour les prochains quinze jours ; il restait deux sièges disponibles le 11 décembre et un le 13, et il fallait ensuite attendre le début de l'année suivante. Malgré ses nombreux émigrés éparpillés dans le monde entier, l'Inde est imparfaitement desservie par les lignes aériennes et, les Indiens ayant coutume de rentrer chez eux au moment de Noël, les voyages commencent à devenir problématiques à partir de Thanksgiving.

Michael fouilla dans les rayonnages de sa bibliothèque et y trouva un guide des compagnies aériennes vieux de trois ans. British Airways avait un vol direct de Chicago à Londres qui continuait sans escale jusqu'à Madras. Pondichéry est situé à environ cent cinquante kilomètres au sud de Madras, dans le golfe du Bengale. Michael ne se faisait aucun souci pour la dernière partie du parcours : une fois à Madras, il atteindrait facilement Pondichéry. L'important, en fait, était d'arriver en Inde. Ce pays a l'un des réseaux de chemins de fer les plus étendus du monde. Et s'il n'y a pas de train, il y a toujours un bus. S'il n'y a pas de bus, vous pouvez trouver une voiture avec chauffeur. Et au cas, improbable, où il n'existerait aucun de ces moyens de transport, eh bien, il irait à pied. Peu importait. La seule chose qui comptait, c'était Jellie Braden, perdue quelque part au milieu de la foule indienne. Si elle ne se trouvait pas à Pondichéry, la situation alors deviendrait critique. Si elle avait décidé de se perdre dans ce pays, retrouver sa trace tiendrait du miracle. Mais, bon sang, il ferait tout pour y parvenir !

Il appela les renseignements de la British Airways. Oui, répondit une voix très anglaise, ce vol existait toujours, mais il était complet pour les trois prochaines semaines. Désirait-il être inscrit sur liste d'attente ? Oui. Il téléphona à nouveau à Air India et, là aussi, se fit mettre sur la liste d'attente, sans spécifier de date. N'importe quand, leur dit-il. N'importe quand.

Il avait diverses affaires à régler avant de partir. Sa mère, d'abord. Il lui téléphona, et ils bavardèrent un long moment. Il avait passé tous les Noëls avec elle depuis vingt ans, mais il lui annonça qu'il devait partir immédiatement pour l'Inde et qu'il ignorait la date de son retour.

Bien qu'elle fût un peu sourde d'oreille, elle perçut quelque chose dans son intonation, une urgence, une intensité particulière. « Michael, ne me dis pas que tu as fini par trouver la femme de tes rêves ? Je ne t'ai jamais entendu parler avec cette voix. C'est cela, n'est-ce pas ?

– Maman, la réponse est peut-être. Je ne peux

rien t'expliquer de plus. Il est important que je fasse ce voyage – que j'aille en Inde –, mais je suis triste de passer Noël loin de toi.

– Michael, merci de te soucier de moi et de me prévenir. Je suis heureuse que nous soyons toujours restés proches au cours des années passées. Pars en Inde retrouver cette femme, quelle qu'elle soit. Puis ramène-la ici pour que je puisse faire sa connaissance. Je n'ai toujours pas renoncé à l'espoir d'avoir des petits-enfants, tu sais.

– Je viendrai à Custer dès mon retour, promis, mais je ne peux te préciser quand.

– Pars, Michael. Si le moment est venu pour toi, ne le laisse pas passer. Cessons de bavarder, et envole-toi pour l'Inde. »

La secrétaire du département était une femme formidable qui connaissait parfaitement les rouages du système et savait comment le court-circuiter. Michael ne manquait jamais de lui offrir une bouteille de vin à Noël et il lui envoyait des fleurs à la fin de l'année scolaire. Elle accepta de compléter ses dernières corrections et d'imiter sa signature au bas de la feuille. Elle ne posa aucune question. Il lui demanda de ne rien dire et elle répondit : « Ne vous inquiétez pas, nous nous comprenons, vous et moi. Je ne sais vers quels cieux vous partez si précipitamment, ni ce que vous y ferez, mais j'aimerais bien être une petite souris pour vous suivre à la trace. » Elle acheva sa phrase avec un léger sourire entendu.

Jimmy Braden était revenu le voir le lundi soir. Mardi, Michael annonça à ses étudiants que ses cours prenaient fin le jour même. Comme il ne serait pas là pour faire passer les examens de fin d'année, il leur dit qu'il ajouterait un demi-point à leur moyenne actuelle. Une fois de temps en temps, il fallait savoir prendre des libertés avec le règlement. Un hourra s'éleva parmi les étudiants, et une voix féminine se fit entendre au fond de la classe : « Vous êtes un amour, professeur Tillman. Joyeux Noël ! » Moyennant cent dollars, il confia à un étudiant de la Business School qui logeait au-dessus de chez lui la garde de Malachi et de Casserole.

Voyager léger. Très léger. Il avait pris une place sur un vol à destination de New York, mais sans réservation au-delà. Il risquait de se retrouver coincé n'importe où. À New York, Moscou ou Londres, au Caire ou à Athènes. Atteindre l'Inde pouvait prendre une semaine ou davantage. Jimmy Braden resterait inerte à Cedar Bend, priant et gémissant tout son content. Il avait déjà raconté son histoire à cinq personnes au moins, et il était entouré d'âmes compatissantes.

Mais Michael était déterminé à retrouver Jellie sans plus attendre. Il existait une raison au départ de Jellie, et il avait le sentiment d'y être pour quelque chose. Peut-être pas, mais c'était son intuition. On se perd en Inde. Nombreux sont ceux qui y partent dans ce but. Il devait retrouver Jellie avant qu'elle ne disparaisse dans la nature, avant qu'elle ne rejoigne une communauté quelconque dans la montagne ou un ashram au plus profond de la jungle où elle lui échapperait à jamais.

Son vieux sac à dos de L.L. Bean. Trois chemises, dont une seule était présentable. Il voyagerait avec cette dernière, et un jean délavé. Un second jean dans le sac, plus un pantalon kaki. Une saharienne pour le voyage. Un pull bleu marine en coton. Les chaussures ? Ses vieux souliers de randonnée et une paire de sandales. Il pourrait acheter d'autres vêtements en Inde au besoin ; le *khurta,* par exemple, longue tunique traditionnelle portée sur des pantalons bouffants, était un vêtement parfaitement adapté à ses goûts. Il ajouta quelques accessoires indispensables, dont une bonne carte générale de l'Inde achetée lors de son précédent voyage, sur laquelle était indiqué le réseau des voies ferrées et des lignes aériennes intérieures. Une petite lampe torche et un vieux chapeau de coton à large bord.

Il n'avait pas de cachets contre la malaria. Il s'arrêterait à la pharmacie sur le chemin de l'aéroport. À la hâte, il éparpillait ses vêtements dans la pièce, pliait ses chemises, roulait le jean et le pantalon kaki, fourrait au fond du sac sous-vêtements et chaussettes, sous le regard de Malachi et de Casserole. Sa vieille paire de sandales sur le dessus, il boucla le sac. Il le souleva – pas trop lourd. Rien d'autre ? Une gourde. L'eau potable peut se faire rare en Inde.

Le taxi arriva à huit heures le jeudi matin, soixante heures exactement après que Jimmy se fut assis en larmes à la table de la cuisine de Michael. C'était une situation pour le moins bizarre. Jimmy Braden parcourait les couloirs de Bingley Hall, clamant avec force détails que Jellie l'avait abandonné. Et, pendant ce temps, Michael était en route pour la retrouver, à l'insu de son mari. Un saut à la pharmacie, un autre à la banque. Trois mille dollars en chèques de voyage de l'American Express. Cinq cents en liquide.

À l'aéroport, en attendant l'avion qui l'emmènerait à Chicago, Michael se souvint d'un détail qu'il avait omis de régler et appela la secrétaire du département. À la fin de leur conversation, elle dit : « Michael, un télégramme pour vous vient juste d'arriver, par porteur. »

Il réfléchit un instant. Et s'il provenait de Jellie ? « Betty, lisez-le-moi et jurez-moi de garder le secret. D'accord ?

– Si je racontais tout ce que je sais sur cette maison, Bingley Hall exploserait. Par ailleurs, j'ai ma petite idée sur ce qui se passe. Vous n'avez plus tout à fait la même expression depuis quelques mois. Je vous ai aperçu récemment sur votre moto près de Heron Lake, tôt un matin, et il y avait quelqu'un derrière vous. Mais je n'ai jamais rien dit, et je ne dirai rien. Aujourd'hui, ce n'est pas sorcier de faire le rapprochement entre les pleurs versés dans son bureau par Jimmy Braden et votre départ, et je n'ai pas besoin d'être un génie des mathématiques comme vous pour trouver la solution du problème.

– Betty, Betty... Je crois que vous finirez par être l'un des grands amours de ma vie. Lisez-moi ce télégramme...

– D'accord. L'heure d'envoi indiquée est treize heures. Voyons, ça fait...

– Ça fait une heure de l'après-midi, Betty. Quelle est la date ?

– La date d'aujourd'hui. Comment est-ce possible ?

– Le décalage horaire. Il a été envoyé à une heure trente du matin aujourd'hui, à notre heure. Quel est le texte ?

– *« M. Je t'en prie, comprends-moi. Mes sentiments sont si forts que j'ai besoin de temps et de distance pour m'y retrouver. Je donnerai des nouvelles bientôt, promis. J. »*

Au diable le temps et la distance ! pensa Michael

Tillman. Soit vous laissez les choses suivre leur cours, comme le faisait Jimmy, soit vous vous interposez et les saisissez à bras-le-corps. Il avait l'intuition que Jellie ne savait plus où elle en était, et il n'avait pas l'intention de la laisser errer ainsi en plein brouillard. S'il risquait de tout gâcher en se précipitant sur ses traces en Inde, il faudrait qu'elle s'y résigne, et lui avec. Mais il n'allait pas rester à se lamenter à Cedar Bend en attendant des jours meilleurs.

« Betty, d'où le télégramme a-t-il été envoyé, de quelle ville ?

– De Madras.

– Bon. Soyez gentille et mettez la feuille dans le broyeur à papiers.

– Bien sûr. Ne vous inquiétez pas. Et, Michael...

– Oui ?

– Je vous attendrai ici en croisant les doigts. Retrouvez-la.

– Merci, Betty. Vous préférez les colliers ou les bracelets ?

– Vous savez que ce n'est pas nécessaire. Mais un bracelet exotique me ferait plaisir, si vous insistez.

– C'est comme si c'était fait. Au revoir, et merci encore. Mon vol est en train d'embarquer.

– Au revoir, Michael, et bonne chance. »

À O'Hare, il demanda à British Airways si une place ne s'était pas libérée. Rien. « Et si je me présente à la porte d'embarquement au cas où quelqu'un se serait désisté ? demanda-t-il à l'employée de la compagnie.

– Vous pouvez toujours essayer. » Elle regarda son billet. « Votre vol pour New York part avant le nôtre pour Londres. Si vous attendez ce dernier, vous allez manquer l'avion de New York.

– Je prends le risque. Je crois que la chance va me sourire aujourd'hui. »

Elle haussa les épaules et inscrivit son nom à l'écran sur la liste d'attente. « Nous sommes dans le nouveau terminal d'United, au fond de l'aéroport. Bonne chance. »

Il acheta des cigarettes, prit un café, puis se dirigea vers le terminal d'United. Il restait une heure quinze minutes avant le décollage du vol 42 de British Airways à destination de Londres. Les passagers faisaient la queue, une longue file qui s'étirait le long du mur du terminal. L'enregistrement des bagages... Il ne comprendrait jamais pourquoi les gens emportaient tellement de choses. D'énormes valises, près d'éclater. Des cadeaux de Noël, du matériel de couchage, sans oublier des enfants fatigués, la morve au nez, grognons, accrochés à la main de leurs parents.

La queue avançait doucement. Encore vingt-cinq

minutes avant le départ. Vingt. Plus que deux personnes à enregistrer. « Michael Tillman, M. Michael Tillman est demandé au comptoir de British Airways. »

Il y fut en quatre secondes.

« Monsieur Tillman, il nous reste une place sur le vol à destination de Londres qui part dans une quinzaine de minutes. Cependant, nous ne pouvons pas vous garantir un siège sur le vol 34 pour Madras. Désirez-vous néanmoins partir avec nous ce soir ?

– Oui. »

Six heures plus tard, contemplant l'Irlande dans la lumière de l'aube, il imagina Jellie à côté d'un mur de pierre quelque part en contrebas, posant devant l'objectif pour une photo qui s'était retrouvée plus tard épinglée à un mur dans l'Iowa et était aujourd'hui enfouie dans la poche de son blouson. Si vous vous lancez sur la piste d'une personne disparue, une photo peut se révéler utile. Il y avait pensé au dernier moment.

À Heathrow c'était la panique, comme d'habitude. Michael franchit la zone de transit et se dirigea vers le comptoir du terminal principal. Aucun problème. Les gens réservaient souvent plusieurs vols sous des noms différents, et il y avait eu des annulations durant la nuit.

« Voulez-vous réserver un vol de retour, monsieur Tillman ? »

Il choisit la date du 12 janvier, quelques jours avant le début du deuxième semestre. Les autorités indiennes manifestaient une nette préférence envers les passagers en possession d'un billet de retour au moment d'accorder un visa. C'était une précaution datant de l'époque hippie, du temps où les jeunes Occidentaux partaient là-bas chercher la révélation, pour finir en fumant de l'herbe, à la charge du gouvernement indien.

Michael acheta son billet d'avion et prit le métro pour Londres. Trois heures plus tard, muni d'un visa en bonne et due forme, il était de retour à Heathrow, passait le contrôle de sécurité et se retrouvait dans la salle de transit. Il lui restait cinq heures à attendre avant son départ pour Madras.

Le temps passait toujours vite pour Michael dans les aéroports. Il observait les allées et venues de la foule autour de lui, lisait un peu, somnolait. Il acheta un numéro du *Times*, se cala dans un fauteuil, les pieds posés sur son sac. Mais, incapable de se concentrer sur ce qu'il lisait, il tira la photo de Jellie de sa poche. Et il resta à la contempler, pendant que les haut-parleurs appelaient les passagers en partance vers des horizons lointains. Et là-bas, dans un de ces pays du bout du monde, se trouvait une certaine Jellie Braden. Loin... quelque part là-bas.

IX

CONTRAIREMENT à ce qu'il avait dit un jour à Jellie, Michael Tillman n'était pas désabusé. Peut-être un peu cynique, probablement plus qu'il n'était souhaitable, mais pas désabusé. Cela n'avait jamais été son genre. C'était un atout qui lui venait de son enfance. Vous grandissez sans espérances particulières, et lorsque surviennent d'heureuses surprises, vous vous étonnez d'en être le bénéficiaire. Il en était ainsi des voyages pour Michael. Quand le pilote s'adressa aux passagers en cours de vol et annonça qu'ils survolaient Bagdad, il regarda par le hublot et distingua une ville brune dans le désert douze mille mètres plus bas.

Il avait déjà contemplé le même spectacle lors de son premier voyage en Inde. Bagdad, s'était-il dit, je n'avais jamais imaginé survoler un jour Bagdad. Et le passé afflua à sa mémoire, il se revit trente ans plus tôt, s'acharnant sur la Shadow dans la station-service de son père, le regard tourné vers la grand-route, sachant que la moto pourrait l'emmener loin jusqu'à l'horizon s'il apprenait tout sur les soupapes, les engrenages et les itinéraires qui mènent vers l'Orient.

Lorsque l'avion fut à deux heures de Madras, Michael sortit son nécessaire de rasage de son sac et se rendit dans les toilettes. Ces longs voyages marquent le corps comme l'esprit, et il avait pris l'habitude de se raser avant l'atterrissage. C'était aussi une manière de se nettoyer un peu l'esprit.

La cabine était encore sombre ; la plupart des passagers dormaient, ou tentaient de dormir, et quelques lampes de lecture étaient allumées. Les hôtesses et les stewards parlaient à mi-voix entre eux dans la cuisine située au milieu de l'appareil. Il y passa la tête et demanda une tasse de thé. La tasse fumante à la main, il regagna son siège, se sentant frais et dispos, mais empli de cette sensation d'attente particulière qu'il éprouvait toujours dès qu'il approchait d'une destination lointaine.

Il releva le store et regarda à l'extérieur. L'Inde s'offrait à la vue, comme une femme allongée au soleil. La lumière du jour, les montagnes sombres au relief tourmenté, l'immensité verte de la jungle. Les lumières s'allumèrent dans la cabine, on servit le petit déjeuner. Michael grignota sans appétit des fruits et un toast, sachant qu'il se passerait peut-être quelque temps avant qu'il ne mange à nouveau.

L'avion perdit de l'altitude au-dessus de l'étendue chaotique de Madras. Quatre millions d'habitants. Une population normale pour une agglomération de ce continent, où les villes sont soumises aux flux constants d'un peuple essentiellement mobile. L'Inde, un pays en perpétuel mouvement, telle était l'impression dominante que Michael en avait toujours retirée. Où que le regard se porte, dans les campagnes ou dans les villes, il y a toujours des gens en marche ; à pied, en vélo, accrochés à l'extérieur d'autocars poussifs, penchés aux fenêtres des trains. La foule indienne...

Il pénétra dans l'aéroport au milieu d'hommes armés de fusils. Les détenteurs de passeports étrangers attendaient en longues files devant les guichets. Michael prit son mal en patience. Tenter d'accélérer l'allure de l'Inde relève de la gageure. Elle a son propre rythme, son style, et l'Occidental pressé qui voudrait que ses désirs soient exécutés à la seconde n'y est pas dans son élément. Il faisait chaud et humide, et Michael se félicita de voyager léger. Deux yeux d'un noir intense examinèrent son passeport, vérifièrent la validité du visa de quatre-vingt-dix jours, et l'homme en uniforme vert foncé apposa son tampon.

La douane ne posa aucun problème puisque

Michael n'emportait aucun objet de valeur, en dehors de ses chèques de voyage et d'une somme en liquide. Mais le total dépassait mille dollars US, et il dut remplir un formulaire. Les Indiens adoraient les formulaires, même si Michael avait des doutes sur la destination finale de ces documents. Comment croire qu'une administration quelconque vérifiait ces millions de papiers qui sortaient en flots pressés de la plume des voyageurs ? « Hmmmm, je constate que Michael Tillman, de Cedar Bend, a emporté trois mille cinq cents dollars avec lui le 2 décembre. Nous devrons l'avoir à l'œil, dans ce pays qui compte presque un milliard d'habitants et dont le réseau téléphonique, dans le meilleur des cas, émet péniblement un vague chevrotement. »

Hors de la protection qu'offre tout aéroport, aucune règle n'est respectée en Inde. Camelots, rabatteurs tentent, par centaines, de vous fourguer tout ce qu'il est possible d'imaginer. Histoire d'extorquer quelques roupies à ce grand type blanc avec son sac à dos. Sauf qu'il avait l'air habitué à voyager, sans bagage, un type qui en avait vu d'autres. Mieux valait s'attaquer à un quidam un peu plus juteux. Des milliers de personnes s'agitaient en tous sens, entraient et sortaient, un grand nombre s'attardant pour l'unique plaisir du spectacle. Les policiers cherchaient à les maintenir dehors, où ils écrasaient leurs visages contre les vitres couvertes de poussière, attendant la sortie des passagers.

Il y avait un bureau d'accueil pour les touristes dans le hall : une nouveauté. L'administration faisait visiblement des efforts pour attirer les gringos et leur faire lâcher un peu de devises par la même occasion. Lors de ses précédents voyages, Michael avait eu le sentiment que personne ne se souciait de savoir si vous veniez visiter ou non le pays, si vous étiez à moitié mourant dans la queue de la douane ou si vous repartiez chez vous. Derrière le bureau, l'employé parlait un anglais acceptable. Michael lui annonça qu'il désirait se rendre à Pondichéry. L'homme lui répondit qu'il fallait compter trois heures en voiture, et qu'il serait heureux de l'aider à en trouver une avec chauffeur. Il avança un prix de trente dollars US. Un tarif élevé pour l'Inde, et Michael lui en fit la remarque.

« Oooh, mais voyez-vous, il s'agit d'un voyage de six heures pour le chauffeur qui devra rentrer à vide depuis Pondichéry. Ce qui double le prix de la course. »

Michael savait qu'il n'en était rien. Le chauffeur s'attarderait à Pondichéry et trouverait un passager à ramener à Madras. Et les chauffeurs de taxi qui attendaient dehors ?

« Ooooh, bien sûr, monsieur, ils vous promettent

un prix très bas. Mais, monsieur, vous ne pouvez pas vraiment compter sur eux, ils vous prennent l'argent en chemin, et ensuite ils vous plantent là. » Michael savait que ce n'était pas tout à fait faux.

Et les bus ? Et les trains ? L'employé du bureau d'accueil continua à marmonner, suivant du doigt les colonnes d'horaires dans des annuaires graisseux, tandis que Michael se sermonnait : Allons, Tillman, pour l'amour du ciel, qu'est-ce qui te prend ? Tu te précipites ici en pleine panique pour retrouver Jellie Braden, et tu perds ton temps à marchander pour quelques dollars. Pendant un moment, cette fausse fierté profondément ancrée dans ses gènes et qui consistait à contester tous les prix l'avait fait dévier de sa route. Ce dont il était coutumier.

Son interlocuteur prit les dispositions nécessaires pour réserver une voiture avec chauffeur, priant Michael d'attendre près du comptoir. Michael lui demanda s'il possédait un guide de Pondichéry, des cartes, voire des brochures. L'homme tira une petite revue de dessous son comptoir, dont il prétendit n'avoir qu'un exemplaire (Michael le crut), et commença à la compulser. Un discours s'ensuivit sur le célèbre ashram fondé dans cette ville par un mystérieux philosophe-poète patriote appelé Sri Aurobindo, sur les hôtels, les restaurants et la beauté de la jetée.

Y avait-il un plan de la ville dans la brochure ?

« Bien sûr, monsieur, un très joli plan. » Michael déposa un billet de cinq dollars sur le comptoir, en partie recouvert de sa main, et il dit qu'il aimerait beaucoup pouvoir emporter le guide de Pondichéry avec lui. En moins d'une seconde il en était propriétaire, et un chauffeur en uniforme d'un blanc douteux s'avança vers lui, le visage barré d'un large sourire.

Dehors brillait un soleil de plomb. D'autres chauffeurs de taxi ouvrirent leur portière, se déclarant prêts à conduire Michael n'importe où pour la moitié du prix demandé par l'homme qui le précédait dans sa tenue douteuse. Il les remercia, expliqua qu'il avait déjà retenu une voiture. Leur sourire disparut sur-le-champ et ils lui jetèrent un regard hostile.

En quittant l'aéroport, le chauffeur frotta l'un contre l'autre son pouce et son index, geste universellement connu, et désigna sa jauge à essence en prononçant le mot : *Petrol*. Les chauffeurs de taxi indiens ont pour règle de partir avec leur réservoir vide, et l'homme avait besoin d'une avance. Lors de son dernier voyage, Michael était tombé en panne sèche avec deux conducteurs.

Impatient, il battit du pied pendant qu'on faisait le plein. Un marchand de fruits se tenait à proximité et il alla lui acheter trois bananes et deux oranges qu'il fourra dans les poches de côté de son sac. Puis il remonta dans la voiture et attendit son chauffeur. Un homme en guenilles se pencha et regarda à travers la fenêtre, exhibant le moignon d'un bras qui avait été sectionné juste au-dessus du coude. Michael lui donna cinq roupies. L'homme se toucha le front et s'éloigna à reculons.

Ils démarrèrent enfin, roulant à travers le flot de bruit, de fumée et de poussière, image éternelle de l'Inde. L'odorat de Michael n'était pas encore habitué aux relents qui lui montaient aux narines – vapeurs des usines et des cuisines au bord de la route, émanations de plomb de l'essence, excréments humains ou animaux, le tout mêlé et composant cette âcreté dense et pénétrante caractéristique de l'Inde.

Il n'avait jamais complètement oublié cette odeur. Chaque fois qu'il regardait un reportage sur l'Inde, chez lui, à Cedar Bend, son cerveau immédiatement faisait rejaillir du tréfonds de ses souvenirs ces anciens effluves indiens. Aucun pays au monde ne l'avait pénétré aussi profondément de son odeur.

Les femmes. Il avait oublié à quel point les femmes indiennes étaient belles, y compris les plus pauvres. La tentation était grande de se laisser séduire par elles, même pour un amour éphémère. Un superbe réservoir génétique, masculin aussi bien que féminin, peut-être le plus parfait au monde sur le plan de l'apparence physique. Drapées d'orange et de vert, de rouge, de bleu et d'or, quantité de bracelets aux bras, des peignes ouvragés dans les cheveux, les Indiennes se mouvaient avec grâce, presque sans toucher terre. Certaines portaient des chaînes d'or ou d'argent du nez jusqu'à l'oreille.

Il les contempla à loisir tandis que le chauffeur actionnait sans arrêt son klaxon pour écarter le bétail et la foule, zigzaguant à travers les véhicules les plus variés, pressé par les agents perchés sur leurs petits socles au milieu des croisements les plus fréquentés. Ils se retrouvèrent enfin dans la campagne, sur une route d'asphalte défoncée. Il y avait des camions Ashok et Tata aux toits chargés d'ouvriers, turbans au vent. Et des bus qui penchaient dangereusement à chaque virage, des chariots attelés à des buffles, une vieille femme pédalant sur une sorte de fauteuil roulant venant en sens inverse, des gens à pied, des troupeaux de chèvres en travers de la route.

Le chauffeur mit en marche la radio, d'où s'échappa le son d'une flûte accompagnée de tambours, avec des tablas à l'arrière-plan. Il klaxonnait, faisait à l'adresse des autres conducteurs des gestes sibyllins sans doute destinés à indiquer ses intentions. L'Inde : en marche... toujours en marche... tablas, flûtes et poussière, la route devant eux se déroulant comme une longue caravane faite de tous les voyageurs et de tous les véhicules qui depuis cinq siècles la parcourent.

Michael offrit une banane à son chauffeur qui le remercia avec un sourire d'une blancheur éblouissante, s'appuya sur le klaxon et éplucha tranquillement le fruit, le vent brûlant pénétrant en tourbillons par la fenêtre ouverte. Ils entrèrent dans une ville, et Michael déplia la carte de l'Inde. Chengalpattu. Ils se dirigeraient ensuite vers le sud-ouest jusqu'à Madurantakam puis obliqueraient vers le sud-est pour atteindre Tindivanam, d'où une petite ligne bleue partait en direction de Pondichéry, au bord du golfe du Bengale.

Michael parcourut son guide de Pondichéry, étudia le plan imprécis des rues, lut l'histoire de la ville. Il s'agissait d'un territoire autonome, une ville-État au statut semblable à celui de Washington, bordé par l'État du Tamil Nadu à l'ouest et le golfe du Bengale à l'est. La ville avait été fondée par des commerçants français au XVIIe siècle, restituée à l'Inde en 1954. Jellie était-elle là, parcourant les rues de Pondichéry ? Au cas peu probable où elle aurait emprunté la même voiture, si telle avait été sa destination, Michael sortit sa photo et la tendit au chauffeur.

L'homme l'examina, tourna la tête en souriant et, haussant la voix dans le vent et les sons aigus de la flûte, cria : « Jolie dame, hein ? C'est elle que tu vas voir à Pondi ? »

Instinctivement, Michael lui répondit dans une sorte de sabir accompagné de gestes explicatifs. « La dame prendre ta voiture ? » Il désigna Jellie sur la photo et répéta : « Jolie dame monter dans cette voiture ? »

Le chauffeur hésita une seconde, puis comprit le sens de la question, et secoua la tête. « Non, moi pas la voir. » Michael hocha la tête et rangea la photo dans son blouson.

Le guide indiquait que Pondichéry avait une population de cent cinquante mille habitants, mais Michael jugea le chiffre approximatif, sans doute très en dessous de la réalité. Par où commencer ? Comme toutes les villes indiennes, elle était probablement composée d'une myriade de ruelles et de constructions imbriquées les unes dans les autres, communiquant par des passages étroits. Même si Jellie se trouvait à Pondichéry, la retrouver tiendrait du miracle. L'ashram attirait des gens du monde entier, qui venaient y étudier les enseignements de Sri Aurobindo et de sa compagne, une Française connue sous le seul nom de « la Mère ». Tous deux étaient décédés aujourd'hui, mais d'après le guide, le succès de l'ashram persistait. Une communauté de visionnaires appelée Auroville, ou encore la Cité de l'Aurore, plus ou moins organisée suivant les préceptes d'Aurobindo et de la Mère, s'était créée et développée depuis plus de dix ans à la périphérie de Pondichéry. Le guide contenait une citation de la Mère : « Auroville doit être un lieu de quête spirituelle et matérielle conduisant à l'avènement sur terre de l'Unité Humaine. »

C'était le genre d'endroit où Jellie aurait pu se rendre. Les anthropologues, du moins une majorité d'entre eux, se passionnaient pour les choses de l'esprit, qui avaient un lien avec leur spécialité. Si Jellie était partie à la poursuite d'un guide spirituel, l'ashram d'Auroville était peut-être l'endroit par où commencer ses recherches.

Il aurait besoin d'un lieu où séjourner et il consulta les annonces publiées dans le guide pendant que le chauffeur se frayait un chemin dans la circulation, actionnant l'avertisseur, gesticulant.

Pension Ajantha – une oasis de luxe.

Hôtel Aristo – établissement de grande classe, digne de l'élite la plus difficile.

Hôtel Ram International – un univers totalement nouveau.

Pour un œil et une oreille occidentaux, les Indiens ont une propension à l'outrance, pour ne pas dire à l'hyperbole, et Michael fit la part de l'exagération dans ce qu'il venait de lire. Non qu'il fût difficile. Il avait maintes fois passé la nuit dans des petits hôtels indiens qui n'offraient pour tout confort qu'une douche froide, quand elle existait, et un trou creusé dans le sol en guise de toilettes. Il s'y était habitué, oubliant au bout de quelques jours qu'il existait autre chose. Une douche chaude, pour l'Inde du Sud, justifiait les termes « digne de l'élite la plus difficile ».

Il revint à Jellie, se concentrant sur ses habitudes et ce qu'il savait de ses préférences. Où serait-elle descendue ? La Pension du Parc faisait partie de l'ashram et réprouvait le tabac, l'alcool et autres faiblesses humaines en général. Si l'on en croyait son télégramme, Jellie était venue pour se retrouver et cette maison d'hôtes, avec ses jardins, son restaurant végétarien et son atmosphère méditative s'accordait au mode de vie que requérait cette quête de soi.

Au départ, Michael avait pensé qu'il n'aurait aucun mal à retrouver Jellie si elle se trouvait à Pondichéry. Les Blancs passaient difficilement inaperçus en Inde. Mais la ville était beaucoup plus étendue qu'il ne l'avait imaginé. Et si le but recherché était de se perdre, en Inde, la chose ne présentait pas de grandes difficultés. L'Inde pouvait vous opposer un visage silencieux et impénétrable, vous laisser sur ses rives sans possibilité de pénétrer en son cœur. Jellie était une vieille habituée de ce continent, possédant vraisemblablement les relations nécessaires, et elle saurait comment rester cachée si elle en décidait ainsi.

Il ne faut pas être pressé en Inde, à moins de voir la folie vous gagner. Le chauffeur jugea qu'il lui était indispensable de déjeuner à Madurantakam. Il s'arrêta et se dirigea vers un comptoir en plein air. Michael n'avait pas faim mais il but une tasse de thé et mangea l'une des barres nutritives qu'il avait achetées à Heathrow. Une petite foule se rassembla autour de lui à distance respectueuse, le dévisageant ; la curiosité habituelle, rien de plus.

Le soleil de midi était haut et tapait dur. Il enfonça son vieux bob sur sa tête, écartant d'un geste les enfants qui se montraient moins discrets que leurs parents et lui réclamaient quelque chose, n'importe quoi. Il acheta davantage d'oranges et les distribua à la ronde, sachant que ces jeunes Indiens eussent préféré des objets plus extraordinaires, comme de simples stylos à bille. La transpiration mouillait sa chemise, coulait le long de sa poitrine et de son dos. Il s'épongeait le visage et le cou avec son bandana rouge quand le chauffeur lui fit signe qu'il était temps de partir.

Quarante-cinq minutes plus tard, ils bifurquèrent à Tindivanam, et partirent vers le sud-est en direction de Pondichéry, sur une route pire que celle qu'ils venaient de quitter. La terre alentour était aride, de maigres palmiers se recourbaient au-dessus d'eux. Les paysans répandaient leur grain sur la chaussée, où les roues des véhicules feraient office de batteuse.

Ils atteignirent la banlieue de Pondichéry. Suivant le plan encarté à la fin du guide, ils empruntaient la rue Jawaharlal-Nehru, l'une des artères principales de la ville. Michael écarta l'idée de descendre dans la pension de l'ashram, essentiellement parce qu'il n'était pas certain des réactions de Jellie s'il apparaissait soudain devant elle. Au cas où elle serait la première à l'apercevoir, elle pourrait disparaître en emportant ses secrets et il lui serait impossible de la retrouver.

Le Grand Hôtel de l'Europe, au n° 12 de la rue de Suffren, était situé dans le même quartier que la plupart des ateliers de l'ashram et proche de la pension. Il était tenu par un vieux Français, un certain M. Maigrit, toujours selon le guide. Michael imagina que la cuisine y serait européenne, ce qui lui convenait, car la nourriture indienne avait tendance à lui mettre l'intérieur en feu.

Il fit signe au chauffeur de s'arrêter et lui montra le plan. Après beaucoup d'hésitation, l'homme se mit à parler avec volubilité, désignant la route droit devant lui. Michael le laissa continuer, et ils s'arrêtèrent à un croisement encombré, où deux cents bicyclettes attendaient que le feu passe au vert. Le chauffeur prit le plan et sortit de la voiture, interpellant des badauds qui se tenaient devant une échoppe. S'ensuivirent des gesticulations, des signes de tête, de la main. Le tout prit une minute ou deux avant que le chauffeur ne revienne. Il prononça quelques mots que Michael ne comprit pas, dessina plusieurs zigzags en l'air, signifiant à première vue qu'ils devaient traverser la ville puis tourner à droite.

Cela paraissait être la bonne direction. Ils s'engagèrent dans les encombrements de la rue principale de Pondichéry et aboutirent enfin dans un cul-de-sac, rue Saint-Louis. Le chauffeur sortit, recommença une séance de gesticulations, et remonta en voiture. Un virage à droite, le tour d'un grand parc où étaient assis sur des bancs de bois des Indiens et de vieux légionnaires français, à en juger par leur képi. Quelques pâtés de maisons plus loin, un autre tournant à droite, puis à gauche. Peints à même la pierre, les mots *Rue de Suffren*. Le n° 12 se trouvait à peu de distance.

Michael frappa à la haute porte de bois. Un vieil Indien en short brun et turban blanc apparut sur le seuil. Michael demanda : « Chambre ? »

Le portier évalua du regard la voiture et le chauffeur, puis le grand Américain avec ses vêtements froissés, dépourvu de bagages hormis son sac à dos. Presque à regret, il ouvrit la porte et fit signe à Michael de pénétrer dans la cour intérieure.

C'était un vieux bâtiment, couvert de plantes grimpantes et de bougainvilliers. Maigrit – Michael présuma qu'il s'agissait de lui – apparut dans l'embrasure d'une porte. Michael s'inclina légèrement. « Avez-vous une chambre pour un voyageur fatigué ? »

Maigrit l'examina sans répondre. Michael n'avait fait aucune réservation, ce qui était probablement contraire aux habitudes. Il ne parlait pas français, ayant oublié le peu qu'il avait appris à l'époque de son doctorat. Mais il arbora le bon sourire du Middle West qui le tirait d'affaire dans toutes les parties du globe et fit une tentative : « *Je voudrais un chambre* [1]. »

Maigrit lui sourit à son tour, appréciant sans doute la bonne volonté de son interlocuteur. Oui, il y avait une chambre de libre à cent cinquante roupies, soit neuf dollars par nuit. Michael réfléchit qu'avec une réservation préalable et un peu de marchandage il aurait pu économiser un tiers ou peut-être la moitié de la somme, mais il était exténué et l'endroit lui convenait.

Maigrit l'informa que la coupure d'eau de l'après-midi était déjà en cours, et qu'il ne lui serait pas possible de prendre un bain, mais que le boy, un homme de plus de soixante-dix ans, apporterait

1. En français dans le texte. *(N.d.T.)*

un seau d'eau « si M. Tillman voulait se rafraîchir ». Michael le remercia. Et était-il possible de faire laver du linge ? Les chemises seraient lavées et repassées en quatre heures pour le double du prix ordinaire. Le prix normal était de six cents la chemise.

Le boy apporta l'eau, prit les chemises, et Michael se lava le visage, puis s'étendit sur le lit et réfléchit. Il était parti depuis quarante-six heures, bien que son horloge interne indiquât davantage, des années peut-être. La semaine dernière, il était assis chez lui, attendant le retour de Jellie. Il y a dix jours, elle était étendue nue sur la table de sa cuisine et il lui caressait les seins. « Jellie, es-tu quelque part derrière ces murs, près d'ici, en train de vivre ce que tu n'as jamais voulu me laisser partager ? »

X

MICHAEL se réveilla un peu avant six heures quand le boy frappa à sa porte. Il avait dormi presque quatre heures, et il se leva, raide et fiévreux, fatigué du voyage. Il ouvrit la porte, prit les chemises et donna un pourboire au vieil homme qui fit un salut et se retira, avec un regard en arrière. Michael ouvrit les robinets. L'eau coulait à nouveau, et il découvrit avec surprise qu'un filet chaud s'échappait du robinet de gauche. Il remplit à demi la baignoire et fut à nouveau présentable, lavé, vêtu d'une chemise et d'un jean propres.

Le propriétaire de l'hôtel se tenait sur la véranda, un journal français entre les mains. Avant tout, Michael avait besoin d'un moyen de transport commode, une moto. Il avait aperçu quantité de petites motos en traversant la ville. Oui, il était possible de louer ce genre d'engins près de Mahatma Gandhi Road. Maigrit demanda au portier de faire venir un cyclo-pousse et parla en tamoul au conducteur, lui indiquant l'adresse. Il précisa que la course coûterait vingt-cinq cents, et qu'il fallait compter dix cents de pourboire.

Michael regardait les muscles tendus de l'homme qui l'emmenait en pédalant à travers les rues de Pondichéry. Au contraire de certains Occidentaux qui n'avaient jamais voyagé en Extrême-Orient et considéraient l'usage du cyclo-pousse comme voisin de l'esclavage, Michael ne voyait pas les choses sous cet angle. Si vous interrogiez le conducteur du vélo sur ce point, la question n'aurait aucun sens pour lui. C'était sa façon de gagner sa vie, et il était pleinement satisfait de vous conduire où vous désiriez, moyennant rétribution. Cela faisait partie de l'économie locale. Comme il l'avait dit lui-même à un collègue qui réprouvait pareille attitude colonialiste : « Donnez au conducteur du cyclo-pousse le montant d'une course en taxi à New York, peut-être alors vous sentirez-vous davantage en accord avec vos principes. » Taxi ou cyclo-pousse, c'était toujours une question de muscles, avec des différences dans leur degré d'utilisation.

Par beaucoup d'aspects, l'Inde était un pays du soir. À la tombée du jour, à l'heure où la chaleur et la poussière diminuaient, la foule envahissait les rues. Les commerces restaient ouverts très tard. On discutait sans fin aux tables des restaurants, on riait dans les cafés, tandis que s'avançait la nuit. Le cyclo-pousse tourna à gauche dans Sastry Street, puis continua tout droit jusqu'à MG Road. Exposé à la vue de tous, Michael espéra que Jellie ne le verrait pas dévaler en roue libre les rues de Pondichéry.

Seigneur, songea-t-il, comme tout cela est étrange. Me voilà en train de rechercher une femme avec laquelle j'ai fait l'amour, une femme qui s'est pâmée de plaisir sous mes caresses, n'a cessé de me répéter son attachement. Et pourtant je suis inquiet à l'idée qu'elle puisse me voir. Tu vis dans un drôle de monde, Michael Tillman. Telles étaient ses pensées tandis que le cyclo-pousse l'emportait en cahotant dans le crépuscule indien.

La boutique de location de motos était installée dans un petit garage près du Cool Cat Coffee Bar. Le sol était couvert d'huile et jonché de pièces éparpillées. Michael se sentit chez lui. Deux motos étaient appuyées contre la porte, deux autres avaient leur moteur démonté. Il pouvait louer l'une de celles qui étaient près de la porte. Il les inspecta. Elles étaient aussi primitives que les routes sur lesquelles elles avaient circulé, et sérieusement cabossées. La vieille Kawasaki semblait en état de marche, et il suffit à Michael de quelques coups de kick pour la faire démarrer. Le propriétaire l'observait, les mains sur les hanches, sans un sourire. Michael fit un geste vers les outils posés sur l'établi.

Dix minutes plus tard il avait retendu la chaîne et réglé le carburateur. Le garagiste arborait un large sourire. La compétence technique provoque toujours le respect. Michael laissa cinquante dollars en dépôt et s'habitua mentalement à la conduite à gauche, puis il engagea la Kawasaki dans le trafic, roulant lentement jusqu'à ce qu'il lui paraisse normal de circuler sur ce qui lui avait toujours semblé le mauvais côté de la route.

Il retourna à l'hôtel par le même chemin, acheta deux bouteilles d'eau en route, et gara la moto dans la cour. Ce soir il sortirait à pied. Lorsque sa recherche l'entraînerait plus loin ou exigerait d'agir rapidement, il utiliserait la moto.

Maigrit le salua et le complimenta sur l'engin qu'il avait déniché. Michael lui montra la photo de Jellie et lui expliqua le but de sa visite.

Maigrit l'étudia, puis leva les yeux vers Michael. « *L'amour* [1] *?* » Michael sourit et fit un signe d'assentiment. Maigrit était au regret, mais il ne l'avait jamais vue. « De nombreuses Occidentales viennent séjourner à l'ashram. Elles cherchent le repos et la paix intérieure, peut-être un nouveau mode de vie. »

1. En français dans le texte. *(N.d.T.)*

Le Français n'avait plus de restaurant dans son hôtel ; pourtant, si Michael désirait manger de la cuisine européenne, l'Alliance française se trouvait non loin d'ici, en face de la Park Guest House. C'était un club, mais pas véritablement fermé. Il suffisait de pousser la porte, de traverser la cour et de monter l'escalier.

Michael réfléchit longuement avant de s'y rendre. Il avait peu de chances d'y rencontrer Jellie. Si elle voulait se fondre dans un univers purement indien, elle prendrait probablement ses repas dans des restaurants du cru ou, plus vraisemblablement, se ferait elle-même la cuisine. Néanmoins, les nouvelles se répandaient vite dans ce pays, et il pressentait que la communauté occidentale ne tarderait pas à parler d'un nouvel arrivant en jean et sandales à la recherche d'une femme.

Toutefois, il avait faim et ne se sentait pas encore prêt à tâter de la cuisine indienne, aussi partit-il à travers des rues tranquilles dans la direction que le Français lui avait indiquée. Dans ce quartier de la ville, quelques rares habitants étaient assis sur leur perron, mais pour la plupart les maisons se dressaient derrière de hauts murs. Deux Blancs au crâne rasé, drapés de safran et les jambes nues à la hauteur des cuisses, le croisèrent sans lui prêter attention.

Il tourna à gauche rue Bazare-Saint-Laurent, rata

le tournant à droite rue Dumas, et arriva au cours Chabrol – la promenade qui longeait la digue. La brise nocturne était douce, et Michael resta dans l'obscurité au bout de la rue, sans traverser jusqu'à la digue. Les trottoirs étaient bondés. À sa droite, il distinguait la grille d'entrée de la Park Guest House, l'hôtel de l'ashram.

Lorsque deux Occidentales en sari s'avancèrent dans sa direction sur le trottoir, il fit demi-tour, soudain mal à l'aise, comme s'il était surpris en train d'espionner. Jellie, que m'as-tu fait ? J'étais relativement satisfait de mon sort, sinon heureux, avant de te rencontrer et me voilà qui sillonne les rues obscures d'une ville indienne sur tes traces, alors qu'au fond de moi je ne suis pas vraiment certain de vouloir te retrouver, redoutant d'entendre ce que tu pourrais me raconter, ou ce que tu projettes de faire du restant de ta vie.

Un garde se tenait devant la grille de l'Alliance française. Michael fit un geste de la main vers l'intérieur de la cour et dit : « Restaurant ? »

Le garde hocha la tête et lui fit signe d'entrer. La cour était plantée d'arbres et fleurie. Sur une estrade latérale une femme dansait, accompagnée d'un joueur de tambour assis en tailleur dans l'ombre derrière elle.

On ne voyait personne d'autre dans la cour, pourtant Michael entendit le son d'un accordéon dans le bâtiment qui lui faisait face. Quelqu'un jouait un air français. Il contempla la danseuse pendant un moment. Elle ne lui prêta pas attention, mais s'arrêta un instant pour s'entretenir avec son musicien, qui reprit sur un rythme légèrement différent.

Au rez-de-chaussée il y avait des toilettes mixtes et une exposition de photographies en noir et blanc accrochées aux murs gris. De la musique et des rires fusaient de l'étage supérieur, et il monta les marches qui conduisaient au restaurant. La moitié de l'établissement était couverte ; l'autre, en terrasse, ouverte sur la nuit. Les serveurs en livrée blanche se déplaçaient rapidement entre les tables, et un jeune Indien vêtu d'un pantalon sombre et d'une chemise violette se dirigea vers Michael, s'adressant à lui en français. Michael sourit. « Pour dîner, s'il vous plaît.

– Une seule personne, monsieur ? » Son anglais était excellent.

Michael fit signe que oui.

« Préférez-vous une table dehors ou à l'intérieur ?

– Dehors, s'il vous plaît. »

Le maître d'hôtel plaça Michael à une petite table à l'écart. Plusieurs têtes se tournèrent vers lui à son arrivée, mais très vite les rires et les conversations reprirent. Il commanda de la bière et des brochettes de poulet grillé sur le barbecue installé contre le mur le plus éloigné de sa table. Les étoiles scintillaient dans le ciel, la brise nocturne apportait des effluves de jasmin, et il était seul, contemplant ses mains.

La cuisine se révéla excellente, servie avec du riz et du pain français. Et, pour terminer, un gâteau au chocolat suivi d'un bon café bien fort. Michael sentit son moral remonter. En quittant le restaurant, il nota qu'un homme plus âgé avait remplacé le jeune maître d'hôtel. L'homme lui adressa un sourire chaleureux.

« Avez-vous apprécié votre dîner ? »

Michael lui répondit que tout était parfait, puis lui montra la photo de Jellie. Le maître d'hôtel la regarda, regarda Michael, et cessa de sourire.

« L'avez-vous déjà vue ? » demanda Michael.

Sans le quitter des yeux, l'homme ne répondit rien.

« Je suis à sa recherche ; il est très important que je la retrouve. »

Le maître d'hôtel alluma une cigarette, examina la photo à nouveau, puis la rendit à Michael. « Il y a longtemps, peut-être.

– Combien de temps ? Une semaine ? Combien ?

– Longtemps. Dix, quinze ans. Difficile à dire ; la femme à laquelle je pense était beaucoup plus jeune. Excusez-moi, j'ai encore du travail. »

Michael resta bouche bée. L'homme l'avait

regardé après avoir examiné la photo et son visage amical s'était fermé, comme s'il avait reconnu Jellie et voulu se débarrasser de Michael aussi vite que possible. Michael rentra à pied à son hôtel à travers des rues sombres et paisibles, ne sachant que penser.

Pendant deux jours, il erra dans Pondichéry sans but bien défini. Le troisième jour, il prit la moto pour se rendre à Auroville, mais la communauté était répartie sur plusieurs kilomètres, formée de petits hameaux et de maisons éparpillées dans la campagne. Si Jellie s'y trouvait, il n'avait aucune chance de la trouver. Il s'arrêta sur la jetée tôt dans la soirée, près de la maison d'hôtes de l'ashram, et regarda la foule qui rentrait à l'heure du dîner. Il tenta d'interroger l'austère matrone qui tenait le bureau de la maison d'hôtes, mais sans résultat. Les gens venaient ici pour fuir quelque chose et trouver la paix. Lorsque Michael lui montra la photo de Jellie, la femme secoua la tête et se replongea dans ses registres.

Il n'aboutissait à rien. Il demanda à Maigrit comment se rendre au collège mentionné dans le guide. Maigrit lui indiqua l'emplacement sur le plan et la manière de s'y rendre. Michael sortit la Kawasaki de la cour de l'hôtel et se dirigea vers le nord à travers la ville.

Le collège se trouvait dans un quartier pauvre

de Pondichéry. Parcourant le modeste campus qui l'entourait, Michael aperçut un panneau à demi effacé sur lequel il parvint à lire : « Département de management ». Le moment était venu de faire valoir ses références. Il se présenta à la secrétaire, se nomma et indiqua d'où il venait. C'était le genre de situation où vos titres avaient du poids. Les Indiens ont un goût particulier pour les distinctions et respectent les professeurs autant que leurs qualifications. La femme se dirigea vers un bureau au bout du couloir, et revint moins d'une minute après, suivie d'un Indien d'une cinquantaine d'années, petit et rond. Il portait des lunettes et une cravate trop courte.

Le sourire était amical. « Ah, docteur Tillman, comme c'est aimable à vous de nous rendre visite. »

Il voulut tout savoir sur le passé universitaire de Michael, qui lui énuméra la liste de ses diplômes et de ses activités, impatient d'en arriver au fait qui l'avait amené là. Mais l'Inde avait ses règles de bienséance, accompagnées d'un certain décorum, et il devait s'y plier. Peu après ils furent rejoints par deux économistes, et la secrétaire apporta le thé. L'un des professeurs s'absenta alors un instant. À son retour, il tenait un exemplaire de *The Atlantic* à la main. Il l'ouvrit sur l'article de Michael qui traitait des incitations fiscales.

« Est-ce vous qui avez écrit ceci, docteur Tillman ? »

Michael acquiesça. Le professeur sourit de toutes ses dents. « Une très brillante contribution. Très intéressante, à la vérité. »

Sa crédibilité ainsi établie, Michael se retrouva sur son terrain, avec en face de lui des interlocuteurs honnêtes et intelligents. Il leur raconta l'objet de sa venue en Inde, sans donner de véritables précisions, déclarant seulement qu'il était extrêmement important qu'il retrouve cette femme. Aucun d'eux ne reconnut Jellie, mais lorsque Michael fit état de son intérêt pour l'anthropologie, le chef du département appela sa secrétaire et lui dit quelques mots en aparté.

« J'ai demandé à ma secrétaire de faire venir un de nos professeurs d'anthropologie afin que vous puissiez vous entretenir avec lui. Il existe de nombreux projets en cours dans ce domaine à Pondichéry. Les Français montrent un intérêt particulier pour cette discipline et ont créé, il y a quelques années, un institut avec lequel collabore notre collège. »

Dix minutes plus tard, une femme apparut dans l'embrasure de la porte. La quarantaine, vêtue d'un sari rose. Le chef du département se leva, la présenta : « Docteur Dhavale, professeur d'anthropologie. » La photo de Jellie, salie à force d'avoir été manipulée durant les derniers jours, était posée sur le bureau. Le docteur Dhavale s'en empara, y jeta un coup d'œil, regarda Michael.

Son pouls s'accéléra. « Connaissez-vous la femme qui est sur cette photo ? »

Le visage du professeur resta impassible. « Vous vous appelez Tillman ? Michael Tillman ?

– C'est ça.

– Et vous venez d'un endroit appelé Cedar Bend ? »

Son pouls battit plus fort encore.

« Puis-je avoir un entretien en privé avec le docteur Tillman, je vous prie ? » Elle s'adressait au chef du département.

« Oui, oui, bien entendu, docteur Dhavale. Docteur Tillman, pourrions-nous vous demander de bien vouloir donner ici une ou deux conférences pendant que vous êtes dans notre ville ? Je suis sûr que nos étudiants et leurs professeurs vous en seraient extrêmement reconnaissants. »

Ils s'étaient montrés très coopératifs. Comment refuser sans se montrer à la fois discourtois et ingrat ?

« Docteur Ramani, je suis très honoré et je serais ravi d'en avoir un jour l'opportunité. Mais actuellement je ne peux prendre aucun retard si je veux retrouver Mme Braden. Dès que j'aurai atteint mon but, puis-je vous contacter et organiser ces conférences au cas où je reviendrais à Pondichéry ?

– Oui, oui, bien sûr. Nous comprenons, bien que nous soyons déçus de vous voir partir si vite. Tenez-nous au courant de votre retour chez nous, nous consacrerons un après-midi à ces conférences, suivies d'une réception. »

Michael les remercia, puis sortit avec le docteur Dhavale, qui le conduisit à travers une cour jusqu'à un autre bâtiment, où se trouvait son petit bureau. Pour la première fois depuis soixante-douze heures, Michael sentit sa fatigue se dissiper.

Le professeur prit place derrière son bureau en face de lui, et le dévisagea de son regard noir, froid et assuré. « Jellie Markham et moi sommes devenues amies il y a des années, à l'époque où elle était venue ici faire des recherches pour sa thèse. » Elle utilisait le nom de jeune fille de Jellie et prononçait son prénom à la française. « Nous n'avons cessé de nous écrire et nous sommes restées très proches. »

Michael resta silencieux, comprenant l'erreur qu'il avait commise depuis son arrivée en utilisant le nom de femme mariée de Jellie et la prononciation américaine de son prénom. Si elle vivait à Pondichéry sous son nom de jeune fille, celui qu'il avait donné aux différentes personnes qu'il avait interrogées ne pouvait avoir de signification. « Docteur

Dhavale, j'ai quarante-trois ans. Il m'a fallu attendre jusqu'à maintenant avant d'éprouver envers quelqu'un les sentiments que je ressens pour Jellie. Je l'aime, il faut que je la retrouve, et pour cela j'ai besoin de votre aide. »

L'anthropologue l'examina comme si elle devait lui décerner un diplôme de fin d'études. « Je ne veux pas trahir sa confiance, et je ne suis pas certaine de ce qu'il m'est possible de révéler, docteur Tillman. Mais je sais que Jellie éprouve elle-même des sentiments très forts à votre égard. Elle a mené une vie compliquée, plus compliquée que vous ne l'imaginez. Ce sera à elle de vous en parler en détail lorsqu'elle le jugera bon. Elle vous a adressé une lettre, dans laquelle elle vous donne mon nom et mon adresse au cas où vous voudriez la contacter. Je ne crois pas qu'elle imaginait que vous viendriez frapper à ma porte. Avez-vous reçu cette lettre ?

– Non. Elle est sans doute arrivée après mon départ de Cedar Bend. C'est la chance qui a guidé mes pas jusqu'à vous.

– Il s'agit d'une situation très délicate pour moi, docteur Tillman, veuillez le comprendre. Je suis désireuse de vous aider, mais je ne veux pas bouleverser Jellie et porter tort à notre amitié en révélant ce qui devrait rester secret. Je sais qu'elle s'en est voulu d'être partie sans vous avoir dit au revoir. » Le regard de Chitra Dhavale se tourna vers la fenêtre de son bureau, une fenêtre unique et grise de poussière, puis revint à Michael. « Elle est partie il y a plusieurs jours pour Thekkady. Avez-vous entendu parler de cet endroit ?

– Non.

– C'est un village à proximité d'un site magnifique, le lac Periyar. Jellie m'a dit que vous aviez visité l'Inde du Sud autrefois, c'est pourquoi je croyais que vous le connaissiez. Elle séjourne chez des gens du nom de Sudhana qui vivent à la campagne, aux environs de Thekkady.

– Puis-je demander ce qu'elle y fait ? Le savez-vous ?

– Oui, je le sais, mais ce n'est pas à moi de vous le dire, et j'ai peur d'avoir déjà trahi sa confiance en vous révélant ce que je savais.

– Comment puis-je me rendre à Thekkady ? Quel est l'itinéraire le plus court ?

– Vous pourriez retourner à Madras et prendre l'avion pour Cochin ou Madurai, et de là louer une voiture. Un moyen plus fatigant, mais plus rapide, consiste à prendre le train en début d'après-midi à Pondichéry. C'est un vieux chemin de fer à voie étroite qui ne va pas plus loin que la gare de Villupuram, située à une quarantaine de kilomètres d'ici. De là, vous prenez le *Trivandrum Mail* vers le sud jusqu'à Madras. Et ensuite, vous pouvez soit prendre un bus, soit louer une voiture avec chauffeur qui vous emmènera à Thekkady. Un voyage éprouvant, docteur Tillman, mais c'est sans doute le plus rapide. L'autre possibilité, l'avion jusqu'à Madras, peut se révéler frustrante. Vous risquez, une fois à Madras, de ne pas trouver de place d'avion pendant plusieurs jours. »

Elle consulta sa montre. « Il n'est pas tout à fait midi. En faisant vite, vous pouvez attraper le train d'une heure pour Villupuram. J'ai le sentiment que vous êtes impatient de vous mettre en route, n'ai-je pas raison ? » Elle le gratifia d'un sourire chaleureux. « Si vous trouvez Jellie Markham, expliquez-lui mon embarras dans toute cette affaire et demandez-lui de me pardonner si je n'ai pas agi comme il convenait en vous indiquant l'endroit où elle se trouvait.

– Je n'y manquerai pas. Merci, docteur Dhavale. »

Comme il passait la porte, Chitra Dhavale l'appela : « Docteur Tillman ? » Il se retourna, attendit.

« Jellie utilise peut-être le nom de Velayudum au lieu de Markham ou de Braden. Ne me demandez pas pourquoi. Retenez seulement ce que je vous ai dit. Et j'ajouterai ceci : si vous la découvrez, vous allez vous trouver face à une situation qui pourra vous paraître étrange et peut-être décevante, du moins, susceptible de vous troubler. Mais comme je vous l'ai dit il y a un instant, Jellie a mené ici une existence compliquée.

Ainsi choisit-il de monter dans le *Trivandrum Mail* en route vers l'est et de prendre une voiture ensuite.

XI

THEKKADY est situé à la frontière qui sépare les États du Tamil Nadu et du Kerala, sur les hautes terres du sud-est de l'Inde. À l'entrée du village, une sorte de porte enjambe la route, une barrière rouge qui rappela à Michael le vieux Checkpoint Charlie à Berlin. Son chauffeur s'arrêta et se dirigea vers un petit bureau au bord de la route. Michael s'attendait à entendre d'un moment à l'autre la voix de Richard Burton récitant un passage d'un roman de John Le Carré où il serait question d'un espion venant de l'Est.

À l'intérieur du bureau, les choses se gâtèrent. Le chauffeur montra ses papiers, mais passer d'un État à l'autre se révélait aussi compliqué que de se rendre à l'étranger. Les autorités du Kerala refusaient de reconnaître la validité du fameux permis de conduire « tout-Inde ».

Michael sortit de la voiture et s'y adossa. Les discussions tournaient à l'invective, voire aux menaces. Il fit un geste en direction de la barrière, prit son sac et demanda par signes s'il pouvait passer. Il lui fallut glisser un billet de vingt dollars au garde-frontière pour y être autorisé, après avoir payé le chauffeur. L'habituel bakchich, coutume immémoriale.

L'air de la montagne était frais en ce milieu d'après-midi, le soleil pâle, le village calme, la route poussiéreuse. Michael se mit en marche, laissant de profondes empreintes sur la chaussée.

« Hé, patron, tu vas au lac ? » Le jeune Indien qui s'adressait à lui se tenait près d'une jeep.

Michael consulta le nom griffonné dans son carnet avant de répondre. « Peut-être. Avant, je cherche des gens qui s'appellent Sudhana.

– Non, patron, je vais seulement au lac. » Il frappa de la main le flanc de la jeep. « Deux cents roupies pour la course. Bel endroit là-bas. »

C'était peut-être beau, mais ce n'était pas là que Michael désirait se rendre. Il sortit un billet de trois cents roupies. « Trouve-moi la maison Sudhana d'abord. Deux cents de plus si j'ai envie d'aller au lac. » Peut-être ne serait-il pas nécessaire d'aller jusqu'au lac.

Le jeune homme n'était pas pressé et commença à discuter avec plusieurs jeunes gens qui traînaient autour de lui. Ils dévisagèrent Michael et se mirent à rire. Ces bougres d'idiots jouaient toujours les fiers-à-bras en groupe. Ils savaient qu'il avait de l'argent, beaucoup d'argent à leur échelle. Glissé dans sa ceinture, sous son blouson, il y avait le couteau de chasse à courte lame qu'il emportait habituellement dans ce genre de pays. Il en sentait la poignée contre son dos.

Quelques années auparavant, il avait appliqué la lame de ce même couteau contre la gorge d'un chauffeur de taxi à Mysore, plus au nord, un soir où une bande de jeunes excités avaient voulu le faire sortir de la voiture avec la jeune femme qui l'accompagnait. En sentant la lame sur sa peau, l'homme avait embrayé sans demander son reste, renversant deux garçons sur son passage.

Un homme plus âgé sortit d'une échoppe et commença à les invectiver. D'après ce que comprit Michael, c'était le propriétaire de la jeep et il les rappelait à l'ordre, leur enjoignant de se mettre au boulot. Tous se mirent alors à parler à la fois, une sorte de cacophonie d'où surgit le nom de *Sudhana* à plusieurs reprises. Le vieil homme dessina un croquis sur un morceau de carton et le tendit au garçon qui avait interpellé Michael au début, et qui se dirigea vers la jeep, un sourire narquois aux lèvres, tapota le siège arrière et fit signe à Michael de grimper à bord. Lui-même, accompagné d'un acolyte tout aussi insolent, monta à l'avant.

Ils se mirent en route, secoués par les ornières,

et bifurquèrent bientôt en direction du sud sur une autre route qui surplombait un torrent. Une série de lacets à flanc de montagne, un virage à gauche vers un chemin plus étroit. Le chauffeur freina brusquement devant une vieille maison, rafistolée avec des plaques de tôle. « Sudhana, dit-il en pointant le doigt. Cigarettes ? »

Michael leur donna à chacun une cigarette américaine, un luxe dans cet endroit. Ils s'empressèrent de les allumer et Michael se dirigea d'un pas hésitant vers la maison. Ses doutes le reprenaient. Se trouvait-elle vraiment là ? Avait-il pris la bonne décision ? Jellie, ne me repousse pas, je t'en prie. Quoi qu'il arrive dans ta vie, laisse-moi en faire partie.

Le haut d'un visage apparut à une fenêtre, et se retira immédiatement à la vue de l'homme blanc à la stature imposante qui se dirigeait vers elle. « Sudhana ? » cria-t-il. Rien. « Jellie ? Jellie, c'est moi, Michael. » Toujours rien. Puis, doucement, la porte s'entrouvrit et une vieille femme jeta un regard à l'extérieur. Elle parla rapidement dans une langue qu'il ne comprenait pas. « Jellie... JahLAY... Jellie... JahLAY », répéta-t-il, et il prononça avec difficulté le nom qu'elle utilisait peut-être. « Jellie *Velayudum*. JahLAY *Velayudum*. »

La femme secoua la tête, discourut rapidement d'une voix croassante, et fit mine de désigner l'intérieur de la maison. Mon Dieu, était-il arrivé un malheur ? Jellie était-elle couchée là ?

Le chauffeur s'avança d'un air fanfaron vers Michael qui s'évertuait désespérément à franchir la barrière du langage. « Cigarettes, patron ? Je sais ce que la vieille veut dire. » Encore un bakchich. Cela finissait par devenir lassant au bout d'un certain temps. Ce n'était pas tant le tabac ou l'argent que cette satanée arrogance, cet éternel recours au chantage.

Michael lui donna la moitié d'un paquet de Merit. « Elle dit que la femme appelée Jahlay Velayudum est dans l'ancien pavillon de chasse au milieu du lac, le Lake Palace Hotel. Tu veux y aller ? »

Michael hocha la tête, et le jeune homme désigna la jeep d'un geste du menton. Ils redescendirent le flanc de la montagne et retrouvèrent la route qui suivait la rivière. Sept minutes plus tard, la jeep franchit une petite hauteur, et le lac Periyar apparut, bleu et calme dans le lointain.

Son conducteur laissa Michael à l'hôtel Aranya Nivas, à cent mètres du bord du lac. Il réclama d'autres cigarettes, et Michael lui dit d'aller se faire voir. Il en avait marre de tous ces jeunes qui se foutaient du monde, quel que soit le pays auquel ils appartenaient. Il avait été trop patient, trop absorbé par sa recherche, il avait toléré trop d'inepties. L'autre battit en retraite devant la colère de son client, haussa les épaules et partit en marche arrière au volant de sa jeep dans l'allée de l'hôtel.

Michael pénétra dans le hall, sale et défraîchi. La réceptionniste était d'une extrême élégance dans son sari turquoise, et elle avait un visage qui aurait pu vanter les plus grandes marques de produits de beauté sur le marché américain. Courtoise, efficace ; exactement ce dont il avait besoin. Il demanda des renseignements sur le Lake Palace Hotel. Il s'agissait d'un ancien pavillon de chasse ayant appartenu à un maharadjah, qui comportait seulement six chambres et que l'on réservait ici, à l'hôtel Aranya Nivas. Pendant qu'elle feuilletait le registre des réservations, Michael contempla une photographie exposée sur le mur derrière elle. Bien qu'un peu jaunie, c'était une magnifique prise de vue d'un tigre sortant des herbes hautes par un matin brumeux, signée Robert Kincaid.

L'employée lui indiqua qu'il restait des chambres libres pour les quatre jours suivants. Ensuite, tout était complet pendant une semaine. Le prix incluait trois repas continentaux par jour.

Et à présent la question cruciale : « Je suis censé retrouver une amie au Lake Palace. Peut-être est-elle déjà arrivée. Elle se prénomme Jellie... JahLAY. Je suppose qu'elle s'est inscrite sous le nom de Velayudum, à moins qu'elle n'ait préféré utiliser

Markham ou Braden. » Ses explications pouvaient paraître un peu louches, certes, mais il avait décidé de mettre toutes les chances de son côté.

« Nous avons trois chambres occupées en ce moment. » Elle le regarda. « Vous dites que vous avez rendez-vous avec quelqu'un ?

– Oui. Mais je n'avais pas donné ma date d'arrivée.

– J'ai en effet une réservation au nom de Velayudum. Il y a deux personnes enregistrées sous ce nom. »

Michael encaissa le coup intérieurement. Tous ces mois, ces milliers de kilomètres, ces rêves... Quarante-trois ans, et il se retrouvait là comme un crétin, pendant que Jellie était inscrite sous un nom indien et partageait sa chambre avec un autre, probablement un homme appelé Velayudum, sorti tout droit de son passé en Inde. Jellie – je ne sais rien de toi.

Il n'oublierait jamais l'immense désarroi qui s'empara alors de lui, un sentiment d'indicible solitude, d'abandon. Son visage le trahit sans doute, car la femme demanda : « Monsieur, désirez-vous toujours une chambre au Lake Palace ? »

Il pouvait retourner à Madurai, prendre l'avion pour Madras, et changer la date de son billet de retour. Mais il se reprit. Tu souffres d'un stupide accès de vanité masculine, mon pauvre Tillman.

Tu n'y vois plus clair, et tu appréhendes ce que tu vas sans doute découvrir au milieu de ce lac. Pas question de rebrousser chemin cependant, tu vas te rendre à cet hôtel, que ça te plaise ou non.

« Inscrivez-moi pour une nuit, je vous prie. L'hôtel se trouve sur une île, n'est-ce pas ?

– Oui, pour ainsi dire. Une étroite bande marécageuse la relie à la terre. Le trajet en bateau prend une vingtaine de minutes depuis l'embarcadère.

– Quel bateau, quel embarcadère ?

– Sortez par la porte de devant, tournez à droite, et suivez l'allée. Vous verrez une petite construction avec un panneau portant l'inscription : *Réserve naturelle de Periyar*. C'est là que vous achèterez votre billet. L'employé vous dirigera vers le bateau approprié. L'île est l'une des plus grandes réserves de tigres de toute l'Inde, et il vous faudra également acheter un ticket d'entrée pour la réserve. Si vous voulez participer à un safari dans la jungle, vous pouvez retenir un guide en même temps. Sans ce dernier, vous n'êtes pas autorisé à quitter le parc de l'hôtel, car les animaux sont dangereux. »

Au moment de faire demi-tour, Michael demanda : « Cette photo derrière vous a-t-elle été prise ici.

– Oui, sur l'île où est situé le Lake Palace. Il paraît que le photographe qui l'a prise venait souvent ici il y a quelques années, et qu'il séjournait au Lake Palace. »

Michael descendit l'allée qui menait au bureau de la réserve. Des centaines de touristes indiens grouillaient sur la jetée en contrebas et plusieurs vieux bateaux se balançaient sur l'eau. Il tendit le ticket de réservation de l'hôtel à l'employé de la réserve qui lui donna un billet pour la traversée, en lui précisant de montrer son ticket au pilote du *Miss Lake Periyar* afin de se faire déposer devant l'hôtel.

La confusion était totale. Voyager n'a jamais été une mince affaire en Inde, mais c'était ici quelque chose de particulier. Il y avait trois bateaux, dont deux en train d'embarquer leurs passagers, le troisième déjà plein à craquer. Deux cents futurs passagers, porteurs, badauds de toutes catégories s'entassaient sur la jetée. Le bateau qui devait partir en premier avait pour nom *Miss Lake Periyar* peint sur tribord.

Michael se fraya un chemin à travers la foule, monta à bord et montra à un membre de l'équipage le ticket de l'hôtel. L'homme ne parut pas intéressé et se contenta de lui indiquer un siège. Le sentiment dominant dans tout voyage en Inde est l'incertitude, et Michael n'aurait su dire si le pilote avait enregistré son désir d'être déposé à l'hôtel.

Il y avait deux ponts, un pont inférieur fermé,

et un pont supérieur à l'air libre. Il ne restait aucun siège disponible, des cris fusaient, des rires, des appels à l'adresse de ceux qui étaient restés sur le quai, le tout dans un indescriptible capharnaüm. Les enfants montaient et descendaient les échelles entre les deux ponts, les passagers descendaient du bateau pour parler à ceux qui restaient à terre, puis remontaient à bord.

Le matelot à qui s'était adressé Michael faisait de louables mais vains efforts pour canaliser la foule. Comment pouvait-on apercevoir le moindre animal sur la rive, si telle était l'attraction principale de cette excursion ? Le brouhaha, en se répercutant à travers le lac, ferait fuir tout être vivant.

Pourtant le calme revint dès que le moteur fut mis en marche. Obéissant aux ordres, les passagers prirent leurs places et se tinrent tranquilles. Tous les sièges étant occupés, Michael s'assit sur l'échelle qui menait au pont inférieur, quelques marches au-dessus d'un jeune garçon. Le garçon tordit le cou pour l'observer, mais il garda le regard fixé sur l'eau, loin devant lui.

Le bateau s'écarta de la jetée et progressa lentement à travers le long ruban du lac, une retenue qui s'étendait sur des kilomètres en arrière du barrage de Periyar, construit par les Anglais en 1895. De petits haut-parleurs disposés en divers points de l'embarcation débitaient l'histoire du lac, tantôt en anglais, tantôt en dialectes locaux, décrivant aux passagers les animaux qu'il était possible d'apercevoir, depuis les léopards, les éléphants et les tigres jusqu'aux cochons sauvages. Si un seul de ces animaux se montrait, songea Michael, il mourrait de rire à la vue de ces curieux bipèdes entassés sur une vieille carcasse verte qui aurait dû se trouver au fond du lac depuis des lustres.

L'après-midi était avancé, le soleil baissait. Le bateau qui transportait Michael et les deux autres à sa suite étaient les derniers de la journée. La jungle était dense, le long de la rive, à l'exception d'une étroite bande de terre nue descendant par endroits jusqu'à l'eau. Michael se mit debout et aperçut une haute colline couverte de végétation, qui se dressait juste dans son axe.

Dix minutes plus tard un marin lui donna un léger coup dans le genou. « Lake Palace. » Michael était tendu, tellement contracté qu'il en avait le souffle presque coupé, comme à la fin d'un long sprint. Sur un lac indien baigné de soleil, par une fin de journée de décembre, il se prépara à descendre, empli d'angoisse, redoutant ce qu'il allait découvrir au bout de son voyage.

Une courte jetée de bois s'avançait dans l'eau, et derrière elle, des marches de pierre se perdaient dans la forêt. À travers des trouées dans le feuillage, on distinguait un toit de tuiles rouges. Sur la jetée se tenait un jeune Indien d'une quinzaine d'années. La réceptionniste de l'Aranya Nivas avait prévenu l'hôtel qu'un client arrivait par le *Miss Lake Periyar.*

Le pilote présenta habilement son embarcation par le travers et Michael sauta à terre. Le garçon s'empara de son sac. Ils entreprirent la longue ascension de l'escalier de pierre menant à l'hôtel, quarante-cinq mètres plus haut. À mi-chemin, Michael toucha l'épaule de son guide, lui faisant signe qu'il désirait s'arrêter un moment.

Il se laissa tomber sur un banc de bois au bord de l'escalier, prit sa tête entre ses mains et réfléchit, cherchant à se représenter ce qui l'attendait au sommet de ces marches. Quelle serait la réaction de Jellie ? Son jeune boy attendait patiemment, le regard tourné vers la jungle autour d'eux.

Après quelques minutes, Michael se leva et ils se remirent en route. Arrivés au sommet des marches, ils franchirent une sorte de terre-plein rougeâtre, un demi-cercle dégagé entre l'hôtel et la jungle. À leur droite, un couple d'Indiens était assis sur la véranda. Ils prenaient le thé et s'interrompirent pour observer le nouvel arrivant qui se dirigeait vers l'aile sud de l'hôtel. Le directeur apparut avec la clé de la chambre, scruta attentivement Michael, et annonça que le dîner serait servi à sept heures, ajoutant que la tenue de soirée n'était pas requise. Il lui demanda s'il désirait un rafraîchissement. Michael commanda deux bières Kingfisher et suivit le boy le long de la véranda.

La chambre était spacieuse, avec un lit double, une salle de bains séparée à l'arrière et des meubles de rotin blanc légèrement usagés. Deux grandes portes-fenêtres munies d'épais volets de bois, fermés à cette heure, s'ouvraient sur la véranda. Au plafond, un ventilateur tournait lentement. Une plus petite fenêtre dans la salle de bains était munie des mêmes volets. Le boy posa le sac de Michael sur l'un des lits et s'affaira dans la pièce, allumant les lampes. Michael lui donna un pourboire et il s'éclipsa, refermant doucement la porte derrière lui.

Michael regarda sa montre. Il restait trois heures jusqu'au dîner. Il prit une douche, enfila une chemise kaki et un jean propre, échangea ses chaussures de marche pour des sandales, tout en buvant sa bière et en s'armant pour sa prochaine rencontre. Il était prêt, s'il existait une façon d'être prêt à ce qu'il était certain de découvrir. Il n'avait aucune excuse pour s'attarder dans sa chambre, et il sortit sur la véranda, déserte sur toute la longueur de la façade.

Une tranchée d'un mètre cinquante de profondeur sur un mètre de large encerclait l'hôtel à la lisière du terre-plein, marquant la limite de la jungle. Pas besoin d'explication pour comprendre qu'elle avait pour but de tenir à distance quelques reptiles et autres créatures menaçantes.

Le couple qu'il avait aperçu à son arrivée se tenait à l'extrémité la plus éloignée de l'hôtel. Debout sur une butte dominant le lac, ils observaient à la jumelle quelque chose sur la rive opposée. Ils appelèrent le boy et lui posèrent une question. « Cochons sauvages », dit-il.

Une cascade de fleurs d'un bleu-violet descendait du toit. À l'autre bout du lac, un long cri s'éleva. Le barrissement d'un éléphant. Au loin, on entendait le halètement étouffé d'un moteur de bateau. Assis sur une véranda au bout du monde, Michael alluma une cigarette et entama sa seconde bière, sentant monter en lui l'angoisse du guerrier au moment d'engager le combat.

Derrière lui, il entendit une porte et un bruit de voix, dont l'une ressemblait à celle de Jellie. Une poussée d'adrénaline envahit ses artères, un flot plus rapide et plus puissant que tout ce qu'il avait connu, même aux jours des tournois de basket. Il était venu défendre ses droits sur la femme qu'il aimait, son corps tout entier se préparait à la bataille.

Le moment était arrivé. *Maintenant* – vas-y, Tillman. Vas-y et finis-en, ici, dans la jungle. Existe-t-il meilleur endroit pour régler ses affaires ? Il se retourna et vit sortir d'une chambre une jeune

Indienne d'une quinzaine d'années. Ses cheveux d'un ébène lustré étaient noués en une longue torsade, elle portait un sari orange, des bracelets aux bras et à une cheville, des anneaux d'argent aux orteils et des sandales couleur paille.

Jellie Markham/Braden/Velayudum, quel que soit son nom ce jour-là, apparut à sa suite et contempla la jungle qui s'offrait à son regard. « Quelle belle soirée, Jaya ! », l'entendit dire Michael.

La jeune fille répondit : « C'est le plus bel endroit que je connaisse. L'air des montagnes est si pur, si frais, après la chaleur étouffante de la plaine. J'attends toujours avec tant d'impatience nos séjours ici. »

Jellie parcourut la véranda des yeux, arrêta un instant son regard sur un homme assis non loin de Michael à une table, puis se figea. La jeune fille s'apprêta à parler à nouveau, vit l'expression de Jellie et suivit son regard. Toutes deux s'immobilisèrent, puis la jeune fille fixa à nouveau le visage de Jellie dont les yeux restaient rivés sur Michael Tillman. Il s'attendait à voir un homme du nom de Velayudum surgir sur le seuil de la porte et passer son bras autour de la taille de Jellie, mais personne ne se montra.

Jellie semblait pétrifiée sur place. Elle était vêtue du costume indien traditionnel, le *salwar kameese*

– une longue tunique portée sur un pantalon flottant serré au-dessus de ses sandales blanches, le tout d'un bleu lavande presque délavé. Un foulard rouge noué autour du cou retombait en deux pans dans son dos. Et, comme la jeune fille, elle portait un bracelet à la cheville et des anneaux aux pieds. Ses cheveux brillaient dans la pénombre, lisses et raides, séparés par une raie de côté, comme il les avait souvent vus à Cedar Bend, lorsqu'elle ne les rentrait pas sous une casquette de tweed.

Cedar Bend ? Où diable se trouvait cet endroit ? Existait-il vraiment encore, avait-il jamais existé ? Peut-être... dans un autre temps, quelque part au-delà de l'univers fatigué de la vie, de l'amour et du travail. Là-bas, dans le même vieux monde oublié que Custer, Dakota du Sud, où un jeune garçon s'évertuait tard le soir à exécuter des tirs en suspension et à réparer une vieille moto anglaise qui l'emmènerait sur les routes de la vie, avec une femme du nom de Jellie chevauchant derrière lui.

Jellie prit la jeune fille par la main et s'avança vers lui. Il se leva, muet, regardant ses yeux fixés sur les siens. Elle lâcha la main qu'elle tenait, passa ses bras autour de la taille de Michael et posa la tête sur sa poitrine. Il caressa légèrement ses cheveux. Elle leva son visage et l'embrassa.

« Jaya, voici Michael Tillman, dit-elle à la jeune

fille. L'homme dont je t'ai parlé. » Son regard se tourna à nouveau vers Michael, plein d'assurance. « Michael, je te présente ma fille, Jaya Velayudum. »

XII

DHIREN Velayudum, révolutionnaire, membre d'un groupe extrémiste séparatiste qui combattait tout ce qui avait partie liée avec le gouvernement central indien, et Jellie Markham, jeune et idéaliste au milieu de ces années soixante, partie pour l'Inde afin d'y rédiger sa thèse. Un scénario de film : le poète-guerrier bengali rencontre une jeune Américaine qui rêve de changer le monde. Au fond de lui-même, Dhiren Velayudum était un terroriste, et Jellie devint sa maîtresse et confidente. Même si le terrorisme paraissait bien étranger à leurs nuits d'amour, leurs journées étaient balayées de grands élans idéalistes. Elle épousa Dhiren au cours d'une cérémonie indienne traditionnelle. Les hurlements horrifiés de ses parents lorsqu'ils en furent avertis s'entendirent depuis Syracuse.

Les choses tournèrent mal pour les révolutionnaires et il s'ensuivit des mois de fuite éperdue pour Dhiren, qui chercha refuge dans les montagnes et les villages. Puis vint cet après-midi funeste sur une route qui serpentait dans les hauteurs des Ghats occidentaux, la route même que Michael avait empruntée des années plus tard. La jeep qui emmenait Dhiren et Jellie gravissait lentement les virages en épingle à cheveux.

Soudain, Dhiren poussa Jellie hors de la voiture, lui criant d'aller se cacher. Elle se précipita avec Jaya dans ses bras et s'accroupit derrière des branchages. Dhiren sauta de son côté et s'élança sous le couvert des arbres, pistolet à la main. Des rafales d'armes automatiques éclatèrent, crachant dans la poussière, comme un monstre griffu lancé à sa poursuite, se rapprochant, l'atteignant, traversant son corps. Dhiren tournoya et s'écroula au milieu de la forêt.

Cette nuit-là au Lake Palace Hotel, Jellie et Michael s'attardèrent longuement sur la véranda. Elle lui raconta son histoire, de A à Z, sans omettre le moindre détail. Son amour pour Dhiren, ses souvenirs. Comment elle avait porté son bébé le long des routes, après que Dhiren eut été abattu, marchant toute la nuit jusqu'à Thekkady, où des sympathisants l'avaient recueillie. Comment le gouvernement indien s'était vengé en lui refusant un visa de sortie pour Jaya qu'elle voulait emmener aux États-Unis.

Elle lui raconta le voyage de Leonard Markham,

venu des États-Unis pour la chercher et qui avait traversé l'Inde avec elle jusqu'à Delhi. « Rentrons à la maison, Jellie. Nous trouverons un moyen de faire venir ton bébé en Amérique. » Son regard se perdit dans la nuit. « C'est extraordinaire, cette capacité de pardon de la part des parents. »

Puis il y avait eu ces années de lutte pour obtenir le visa de Jaya, avec l'aide de son père et la pression des autorités de Washington sur New Delhi. En vain. L'Inde avait arboré son masque silencieux, impénétrable, intraitable.

Ses bras entourant ses genoux remontés sous le menton, Jellie parlait sans retenue. « Grâce à Chitra, j'ai pu garder le contact. C'est elle qui m'a appris qu'il était impossible d'obtenir les papiers nécessaires au départ de Jaya. Je voulus revenir, mais le gouvernement indien me refusa un visa d'entrée.

« Peux-tu imaginer mon désespoir, Michael ? Pendant trois ans, les choses en restèrent là. Je n'ai pas cessé de demander un visa, et un jour, sans aucune explication, ils me l'ont accordé. Je pense que je n'avais plus d'importance à leurs yeux.

« J'aurais pu renoncer à la citoyenneté américaine et peut-être prendre la nationalité indienne, mais je n'y étais pas prête, et je ne suis pas certaine que les Indiens m'auraient acceptée. Je pensais toujours pouvoir faire sortir Jaya du pays. J'ai même envisagé de la faire partir illégalement, mais le risque était trop grand, je pouvais me retrouver en prison pour des années, et laisser Jaya définitivement seule. »

Michael hocha la tête, le visage grave, toute son attention tournée vers Jellie. Il l'écoutait avec concentration, sans dire un mot, plissant les yeux, retrouvant peu à peu son calme à mesure qu'il comprenait une réalité qu'il n'aurait jamais pu imaginer. Elle s'imposait à son esprit, lentement. Il avait sous-estimé Jellie. Ce n'était pas seulement une jeune femme belle et intelligente, mariée à l'un de ses collègues. Elle avait vécu une autre existence, entièrement différente de tout ce qu'il avait envisagé. Elle était ô combien plus mûre, plus expérimentée qu'il ne le serait jamais. Elle parlait d'une autre Jellie, une femme qui avait connu des choses qu'il ne pourrait jamais totalement comprendre ou admettre, quoi qu'elle puisse lui raconter et malgré tous ses efforts d'imagination. Des mitraillettes, des routes de montagne, un homme qui lui avait donné un enfant au milieu d'un tourbillon d'idéalisme révolutionnaire, une existence de clandestine. Elle avait ri et pleuré avec cet homme, elle l'avait aimé d'une passion sauvage et sans entrave, elle avait porté son enfant durant leur fuite. Son cœur était étrangement partagé entre un sentiment de tristesse à son égard et une jalousie féroce à l'égard de

Dhiren Velayudum, qui avait atteint en elle des lieux secrets que lui, Michael Tillman, n'atteindrait jamais. Quelle fichue aberration de sa part d'avoir pu penser que Jellie le comparait à Jimmy Braden, et non à un homme de la stature et du courage de Dhiren Velayudum, un homme qui avait vécu juste le temps qu'il fallait, et était mort au bon moment pour imprimer une image plus forte que la réalité dans les souvenirs de Jellie Braden. Une image qui resterait inégalée, car elle n'avait jamais été ternie par la monotonie du quotidien. Michael laissa échapper un long soupir, pendant que Jellie reprenait son souffle et poursuivait.

« Entre-temps, Jaya est devenue une vraie petite Indienne. Je finis par penser qu'il valait mieux pour elle être élevée selon les coutumes de son pays. Je n'avais pas d'autre choix. La décision fut prise : Jaya continuerait de vivre avec les Sudhana jusqu'à ce qu'elle soit en âge d'aller en pension, et je lui rendrais visite aussi souvent que possible.

« J'envoyai de l'argent aux Sudhana, déchirée à la pensée de ne pas voir grandir ma petite fille. J'ignore pourtant si j'aurais pu trouver de meilleure solution. Jaya est aujourd'hui une jeune fille accomplie. Je suis venue la voir tous les ans, et à chaque fois nous avons séjourné ici, au Lake Palace. Ainsi elle a pu connaître sa vraie mère, même si nos relations ressemblent plutôt à celles de deux sœurs. J'ai toujours économisé la plus grande partie de mes gains à l'intention des Sudhana et de Jaya. Jaya est partie en pension à l'âge de six ans et elle y est restée depuis lors.

« Lorsque j'ai rencontré et épousé Jimmy Braden, je lui ai seulement dit que j'avais eu jadis une aventure avec un Indien qui était mort et que j'avais gardé des amis en Inde auxquels j'apportais une aide financière. Mon seul tort est de lui avoir menti par omission. Je l'ai prévenu que je comptais rendre visite à ces amis chaque année. Seule. Jimmy, je crois, aurait accepté n'importe quoi pour m'épouser – je sais que c'est terrible à dire, mais c'est la vérité – et il n'a émis aucune objection. Il ne s'est jamais plaint une seule fois de mes séjours en Inde, et il n'a jamais posé la moindre question sur ce que j'y faisais. Comme je l'ai souvent dit, Jimmy a de vraies qualités. »

Michael passa derrière son fauteuil et l'entoura de ses bras, l'embrassant dans les cheveux. Le regard de Jellie était perdu dans le vague. Un bruit de course rapide et de branches brisées rompit le silence dans la jungle derrière l'hôtel.

Jellie se redressa et lui prit le visage entre ses deux mains. « Michael, Dhiren te ressemblait beaucoup, par certains côtés, mais tu n'es pas une sorte de substitut pour moi. Crois-moi. »

Il sourit. « Je te crois, Jellie. » Il n'en était pas aussi convaincu qu'il le paraissait.

« Cette fois-ci, je suis venue en Inde parce que j'avais besoin de réfléchir et de mettre Jaya au courant de notre histoire. Je voulais être certaine de mes sentiments et je voulais qu'elle les comprenne. Lorsque tu m'as retrouvée cet après-midi, j'étais prête à rentrer, Michael, prête à revenir vers toi. »

Dans sa chambre, il l'étendit sur le lit et l'embrassa longuement sur tout le corps. Plus tard, il y eut des frottements et des grattements contre la porte, comme si un gros animal se tenait à l'extérieur. Michael se redressa. « Qu'est-ce que c'est ? On dirait un ours.

– C'en est sans doute un. Je l'ai entendu la nuit dernière.

– On en rencontrait souvent dans les Black Hills. Ils avaient le même comportement. J'ai des fruits dans mon sac à dos, il a dû les sentir. Il va finir par s'en aller. »

L'ours parti, lui succéda une course précipitée sur le toit de tuiles. Michael et Jellie reposaient côte à côte dans l'obscurité. « On dirait que l'Inde s'est remise en mouvement », murmura-t-il.

Jellie regagna sa chambre une heure avant le lever du soleil. Michael resta éveillé, se remémorant chaque détail de son récit. Vingt minutes avant l'aube, il s'habilla et sortit. Une brume moite enveloppait l'hôtel, habillant la jungle de formes vagues et menaçantes, sorte de camouflage gris. De l'autre côté du lac, à une trentaine de mètres de l'île, un singe poussa un cri, un appel triste et solitaire. La jungle s'éveillait, avec ses bruits habituels. Un éléphant barrit, plus près cette fois. Le singe lança un autre appel, auquel d'autres répondirent, accompagnés des chants intermittents des oiseaux.

Muni de sa lampe torche, Michael se dirigea dans le brouillard vers les marches qui menaient au rivage. Pourquoi ses pas le portaient-ils dans cette direction ? Il n'aurait su le dire. Sans doute à cause de son amour pour Jellie, par besoin d'être rassuré sur la réciprocité de leurs sentiments, une petite célébration matinale à sa façon, une pause destinée à mettre de l'ordre dans ses pensées. Il s'assit sur l'un des piliers de la jetée et contempla le lac en face de lui. Immobile, il attendit, attentif aux sons dans le lointain qui lui parvenaient par-dessus le chuintement du ressac. La première lueur de l'aurore pointa, transformant la brume en un voile translucide.

Les yeux perdus dans le vague, Michael pensait à Jellie et à Jaya, endormies dans leurs chambres là-haut. Poussée par la brise matinale, la brume s'éleva, se parant de reflets dorés dans le soleil qui apparaissait à l'est entre les collines.

Le tigre vit Michael avant que ce dernier ne s'aperçoive de sa présence. Le félin se tenait sur la rive, à une trentaine de mètres, des gouttes d'eau perlant sur son museau. Immobile, il tourna lentement la tête vers Michael, le corps toujours face à l'eau. Sa longue langue rouge lécha les gouttes sur son menton blanc.

Fuir ? Comment ? Tu es stupide, Tillman, complètement idiot, pensait Michael. L'hôtel se trouvait à quarante secondes au minimum en grimpant quatre à quatre les escaliers abrupts, davantage à travers la jungle, et un tigre du Bengale pouvait couvrir cent mètres en quatre secondes. Si l'animal se lançait à sa poursuite, Michael était perdu d'avance. Courir serait inutile, et pathétique.

Et pourtant, il n'était pas inquiet. Il ne sut jamais la raison de son calme, même après coup. Il n'avait pas peur, un point c'est tout. En fait, il se disait que les observateurs forcenés de la faune, s'ils avaient pu partager son expérience, auraient rangé à jamais tout leur attirail. À quoi bon la litanie de leurs exploits ? La plupart d'entre eux pratiquaient une sorte de banditisme visuel et râlaient quand l'attraction annoncée n'était pas au rendez-vous. Elle était devant lui, l'attraction, dans les dernières nappes de brume.

Michael éprouvait un plaisir intense à contempler le tigre, il savourait la réalité de son existence, preuve que la prolifération urbaine n'avait pas eu raison d'un monde sauvage et indomptable. Il y avait quelque chose d'exaltant à imaginer que ces animaux qui franchissaient les fossés, qui cognaient à vos volets la nuit ou vous regardaient depuis la rive embrumée d'un lac avaient leur propre vie, qu'ils étaient indifférents à vos joies et chagrins éphémères, libres de s'enfoncer dans leur jungle quand ils le désiraient.

Le tigre baissa la tête, lapa la surface de l'eau, et regarda à nouveau Michael, avant de s'éloigner d'un pas majestueux le long du lac dans la direction opposée. Après avoir parcouru cinquante mètres, il se retourna et fixa Michael pendant un long moment. Puis, royal, il tourna à angle droit et disparut dans la jungle. Le soleil monta dans le ciel comme une torche flamboyante, et la brume se dissipa.

« Bonjour, Michael. »

C'étaient Jellie et Jaya, qui lui apportaient une grande tasse de café. Michael ne leur dit rien du tigre, craignant de susciter en elles le regret de ne pas l'avoir vu, et de gâcher ainsi un lever de soleil radieux.

« Michael (les yeux gris de Jellie étaient pleins de tendresse en se posant sur lui), nous n'avons pas discuté de nos projets de voyage. Jaya et moi avions prévu de séjourner trois jours ici ; veux-tu rester avec nous ? »

Rester avec elles ? Il se serait colleté avec le tigre pour obtenir ce seul privilège. « Jellie, je suis libre jusqu'à la mi-janvier. Mon vol de retour est prévu pour le 12. Quel est ton programme ? » Jaya sourit.

« Voyons... » Jellie parut hésiter. Il comprit qu'il s'agissait d'argent.

« Laisse-moi vous faire une proposition. Tu as en face de toi un type qui habite un appartement minable, possède une moto d'un âge canonique, et qui gagne un salaire convenable. Si cela vous convient à toutes les deux, voyageons, partons où le vent nous pousse. Nous pourrions naviguer sur les canaux de l'estuaire de Kerala, flâner sur la côte de Goa, revenir en paquebot jusqu'à Bombay et descendre au Taj Hotel. À mes frais et sans regarder à la dépense.

– Ça coûtera une fortune. »

Il lui murmura à l'oreille : « Nous pourrons régler ça sur la table de la cuisine, à notre retour à Cedar Bend. »

Elle prit un air offusqué et éclata de rire, et Jaya l'imita, plus timidement, sans savoir réellement pourquoi elle riait. Mais Michael pensa en connaître la raison – elle riait parce que sa mère était gaie, parce qu'elle était heureuse, amoureuse, et qu'elle le montrait. Elle le comprendrait plus tard.

Ils partirent donc en voyage. Du Lake Palace, ils allèrent à Kerala admirer les célèbres filets de pêche chinois, ils descendirent au Malabar Hotel, nagèrent dans la piscine, soupèrent sur des nappes immaculées au bord du golfe. Ils gagnèrent ensuite Goa et flânèrent sur la plage avant de prendre le bateau pour Bombay avec une halte de cinq jours au Taj Hotel. Ils prirent l'avion jusqu'à Jaipur, visitèrent la Ville Rose et partirent en safari à dos de chameau dans le désert du Rajasthan.

Le 5 janvier, ils mirent Jaya dans un avion pour Cochin et sa pension, ce qui leur laissait une semaine en tête à tête. Ils la passèrent à Pondichéry, dans l'hôtel de Maigrit (« Ah, monsieur, vous l'avez retrouvée, je vois. Puis-je vous dire respectueusement qu'elle méritait une si longue recherche »), prenant leurs repas du soir dans les petits restaurants de la ville. Ils marchèrent loin sur la plage un après-midi et firent l'amour sur le sable puis se baignèrent nus dans l'eau tiède du golfe du Bengale, et firent encore l'amour dans la mer. Et Michael donna sa conférence au collège, payant ainsi sa dette au docteur Ramani.

Jellie s'émut à la pensée que Michael avait retenu son retour pour le 12 janvier, prévoyant de consacrer sept semaines à sa recherche.

« Si je ne t'avais pas trouvée au bout de six semaines, j'aurais demandé à l'université de me trouver un remplaçant pour le deuxième semestre. J'étais prêt – Jellie, c'est la vérité et tu le sais – à continuer ma route sac au dos jusqu'à ce que j'aie atteint mon but, te retrouver, quitte à y passer la moitié de ma vie. »

Le 12 janvier, ils prirent le vol de British Airways à destination de Heathrow, joyeux, heureux de rentrer ensemble, tout en se préparant plus gravement à mettre Jimmy au courant.

Entre Londres et Chicago, quelque part au-dessus de la banquise du Groenland, Jellie posa sa tête sur l'épaule de Michael. Il plongea son regard au fond de ses yeux gris soudain pensifs.

« Qu'y a-t-il, Jellie ?

– Rien. Un souvenir. Les gens appelaient Dhiren " le Tigre du Matin ". »

Elle s'endormit, appuyée contre lui. Il sortit doucement un carnet de sa poche et inscrivit : « Le Tigre du Matin vivra à jamais. »

XIII

JAMES LEE BRADEN III était un rationaliste ordinaire. Tout ce qui ne pouvait être démontré par une preuve concrète n'existait pas. À l'exception de Dieu, qui bénéficiait de l'immunité en matière de rationalité et que l'on honorait le dimanche à l'église presbytérienne. Une clé qui tourne, le déclic de la serrure, et Jimmy leva les yeux de la biographie de John Maynard Keynes qu'il était en train de lire. Sa femme entra, suivie de Michael Tillman.

Cette fois-ci, Jimmy ne se mit pas à pleurer. Et il ne fut pas surpris outre mesure. Des coïncidences – le départ de Jellie, la disparition de Michael peu après, la balançoire dans le parc, l'épouse d'un collègue qui avait vu Jellie et Michael quitter ensemble le Ramada, les rumeurs de couloirs. Des détails qui paraissaient sans importance alors, mais qui lui revenaient en mémoire – des faits incomplets, sans consistance, mais néanmoins réels.

Déduction et conclusion : Jellie et Michael Tillman étaient peut-être davantage que des amis.

En ce soir de janvier 1982, le stade de l'hypothèse se trouva dépassé. Jimmy déclara qu'il comprenait l'attirance mutuelle de Jellie et de Michael. Son principal souci fut, pour reprendre ses propres termes : « Et maintenant, quelle attitude allons-nous adopter ? » Il semblait presque soulagé, plus soucieux de la forme que du fond de toute l'histoire.

Jellie se montra moins rationnelle et moins désinvolte que son mari. Elle avait été mariée à Jimmy Braden pendant onze ans, ce qui comptait dans une vie. Elle prenait visiblement les choses à cœur, et montra un remords sincère envers Jimmy.

Jimmy lui-même finit par lui dire : « La décision de nous marier était probablement raisonnable à l'époque, mais nous changeons tous avec le temps. Les choix faits par des individus devenus, après onze ans, complètement différents de ce qu'ils étaient ne justifient plus la poursuite de la vie commune. »

Rassérénée, Jellie rassembla ses affaires et partit s'installer chez Michael. Ils repeignirent le vieil appartement, l'aménagèrent de manière que chacun puisse s'y sentir à l'aise. La Shadow demeura dans le salon. Ce point n'était pas négociable. Jellie suggéra de placer une carpette pour protéger des taches de graisse le beau parquet de chêne. Michael sourit, fit remarquer qu'il s'agissait d'une importante concession, mais accepta.

Il reprit ses cours, navigua entre les allusions et les commérages qui avec le temps devinrent un chapitre mineur de la saga universitaire. Jellie reprit son nom de jeune fille, termina sa maîtrise et commença son doctorat d'anthropologie. Et Jimmy ? Il choisit de s'en aller. Arthur Wilcox lui trouva un poste de recteur dans une école privée du Nord-Est, non loin de chez ses parents. Tout était bien qui finissait bien.

Pas pour tout le monde, néanmoins. Eleanor Markham se montra catastrophée. Pour elle, Michael était un inadapté social et un briseur de ménages. Elle était particulièrement horrifiée par sa passion de la moto. La Shadow installée dans le séjour d'un professeur cinglé n'était plus une abstraction originale. Elle était bel et bien réelle, et sa fille de quarante-quatre ans chevauchait cet engin derrière ce voyou. Le blouson de cuir de Jellie, ses boots et ses lunettes miroir mirent le comble à son désespoir. Elle avait vécu de longues années, et en avait attendu quelque chose de mieux.

Michael et le père de Jellie s'échappaient vers les rivières à truites. Leonard Markham n'avait jamais un mot dur pour quiconque, et il prononça le nom de Jimmy une seule fois en présence de Michael. Il était en train de lancer une mouche, une Royal Coachman, après avoir effectué avec sa canne plusieurs élégants moulinets. La Coachman se posa délicatement sous un gros rocher ceinturé d'un remous. Leonard tira sur sa pipe et dit : « Jim Braden avait peur de l'eau. C'est inimaginable, non ? » Michael ne répondit rien. Leonard lança la mouche une nouvelle fois. Une jeune truite s'en approcha mais se ravisa et abandonna l'appât, tout comme Leonard Markham abandonna le sujet de Jimmy Braden et n'y revint plus.

Jellie et Michael retournaient en Inde une fois par an. En 1984, ils ramenèrent Jaya avec eux, afin de lui faire rencontrer ses grands-parents. Ensuite, tous trois rendirent visite à la mère de Michael, qui finissait sa vie dans une maison de repos de Rapid City. Elle était âgée et de santé chancelante, mais avait gardé toute sa tête. Ruth Tillman prit la main de Jaya entre les siennes et la tint longuement, en souriant. Michael ne pouvait lui offrir mieux en matière de petits-enfants, et étrangement elle s'en contenta.

Les choses continuèrent ainsi. Pas un bonheur paisible et sans nuages, non, mais satisfaisant la plupart du temps. Michael était un solitaire dans l'âme. Il l'avait toujours été et le serait toujours. Il lui arrivait de quitter Jellie, parfois en enfourchant la Shadow, parfois en esprit seulement. Et elle en concevait du ressentiment.

« Les gens ne sont pas des motos, Michael. Tu ne peux pas les laisser dans un coin jusqu'à ce que l'envie te prenne de t'en occuper à nouveau. »

Il lui adressa un sourire narquois. « Tu as raison. Comme toujours sur ce genre de sujets. Les femmes sont bien plus savantes que les hommes en matière d'interface entre les sexes. Dieu du ciel, voilà un vrai jargon de psy... interface entre les sexes. La prochaine fois je deviendrai " médiateur de réconciliation entre les sexes ". J'ai lu ça dans un magazine l'autre jour. Il y a sûrement là des opportunités que je n'avais pas soupçonnées. »

Elle écarquilla les yeux, croisa les bras. « Je ne crois pas que tu portes le moindre intérêt à la réconciliation des sexes, à la maison ou ailleurs.

– C'est exact, mais pas en ce qui concerne la maison. Je suis un bon vieux conformiste par certains côtés. Nadia Koslowski s'est escrimée à domestiquer mon chromosome Y, mais elle est partie avant d'avoir terminé le travail. Tu as pris la relève et découvert que je ne suis que partiellement récupérable dans ce domaine. Je suis partisan de la coexistence pacifique, mais j'aime aussi mon travail, la pêche et les excursions en moto. Mon attention est attirée ici et là, j'oscille comme l'orbite de Mercure. Je suis prêt à m'améliorer, sincèrement. Mais je ne changerai sans doute jamais profondément. Et je ne suis pas certain non plus que ce soit ton souhait. Tu te vois vivant avec un vieux ramolli ?

– On devrait t'empailler et t'exposer au Smithsonian. Carolyn avait raison quand elle te traitait d'incorrigible rebelle. »

Il leva ses mains jointes en signe de soumission. « D'accord, je me reconnais coupable de tous les maux dont on m'accuse. J'ai d'ailleurs découvert qu'il était plus facile de plaider coupable. Ça met fin aux discussions. Et, sans partager ta foi dans la sagesse des générations futures, l'idée du Smithsonian ne me déplaît pas. Mais il faudra s'assurer qu'on m'expose assis sur la Shadow avec ma canne à mouche à la main. Et il faudra aussi te souvenir que tu as été heureuse avec Dhiren, et malheureuse avec Jimmy. Tu m'as dit un jour que Jimmy était d'un caractère trop conciliant. Tu es une femme forte par bien des côtés, Jellie Markham, et tu aimes les hommes rudes. Je vais cependant – tout en étant parfaitement conscient de mes défauts et de mes insuffisances – renouveler mon offre de mariage, comme je le fais régulièrement tous les huit jours. »

Les yeux obstinément baissés, elle frotta sa chaussure de tennis sur le sol. Il avait raison en un sens. Les hommes auxquels elle s'était attachée l'avaient rendue à la fois heureuse et malheureuse. Fixant toujours sa chaussure, elle dit : « Je t'ai déjà répondu que deux mariages me paraissaient suffisants. Un troisième serait sans doute de trop. » Elle se radoucit et lui sourit. « Merci pour la proposition, cependant. Je suis à chaque fois touchée que tu me demandes en mariage. Peut-être un jour vais-je te surprendre et accepter.

– L'offre tiendra toujours. Que dirais-tu d'un verre de Jack Daniel's, suivi du genre de réconciliation que nous aimons. Casser et recoller les morceaux, puis faire la paix et l'amour.

– Il n'y a plus rien à manger. Tu as toujours faim ensuite. »

Il enfila son blouson de cuir en souriant. « Je ne suis pas le seul. Pour me faire pardonner mes innombrables défauts, je vais jusqu'à l'épicerie. »

Une heure plus tard ils étaient plongés dans un bain moussant et il la caressait, lui disait pour la millième fois qu'elle avait les plus beaux seins du monde. Elle le regarda par-dessus le bord de son verre et éclata de rire.

« Qu'y a-t-il de si drôle ? Tes seins sont un sujet parfaitement sérieux.

– Rien. Je t'imaginais au Smithsonian. Peut-être mettrai-je mon projet à exécution, un jour où tu seras soûl et sans défense.

– Si tu veux. Tu pourras même placer Arthur

Wilcox à côté de moi, avec des plans d'architecte dans la main. » Il s'adossa au bord de la baignoire. « Changeons de sujet. Te souviens-tu de cet endroit dans les Black Hills, White Bear Canyon, que nous avons visité autrefois ?

– Oui.

– Quand tu auras terminé ton doctorat, nous devrions aller nous installer là-bas. J'abandonnerai l'enseignement, demanderai la liquidation de ma retraite, et je me mettrai à écrire. Il y a un petit collège dans les environs, le Spearfish State. Tu pourras y obtenir un poste d'enseignante, si cela te convient.

– Pourquoi pas ? » Elle se glissa entre ses jambes et le prit par le cou. « Pour l'instant, c'est dans la chambre à coucher que j'aimerais m'installer. » Elle rejeta la tête en arrière. « Ah, les hommes ! Vous êtes tous cinglés. »

Michael la renversa contre lui, fit courir sa bouche sur ses seins, le long de sa gorge. « Pas tous... seulement ceux que tu rends fous. »

Jellie obtint son doctorat en 1987. Michael fut autorisé à assister à la cérémonie en tenue académique. Lorsque Jellie monta sur l'estrade et reçut son diplôme, il rougit de fierté, sachant le prix qu'elle y attachait. Plus tard dans la soirée, il organisa une petite réception chez eux, et but une bouteille de champagne à lui tout seul, souriant aux anges, assis sur la selle de la Shadow, ne quittant pas Jellie des yeux, tandis que l'assistance la félicitait. Jellie Markham était devenue quelqu'un d'accompli, du moins sur le plan professionnel.

Tard dans la soirée, une fois que les invités se furent retirés, elle sortit de la salle de bains encore vêtue de sa toge et de son mortier. Michael était toujours assis sur la Shadow, pieds nus, en T-shirt et en jean, une bouteille de champagne en équilibre sur le réservoir. « Docteur Markham, je présume ? »

Elle eut ce sourire sensuel qui lui était propre quand la chair reprenait le dessus, et ouvrit sa toge sous laquelle elle était nue. « Le docteur Markham est prête à recevoir son diplôme de la part du docteur Tillman, s'il le veut bien. » Michael ouvrit les bras et ils finirent la nuit sur la Shadow, avec la trompette de Miles à l'arrière-plan.

La mère de Michael mourut en 1988. Un agent immobilier téléphona huit mois plus tard en annonçant qu'il avait un acheteur pour la petite maison de Custer. Les cours débutaient une semaine plus tard, mais Michael sortit sa moto et prit la route.

La vente fut rapidement conclue et il reprit la direction de Cedar Bend, franchissant les Black Hills et empruntant des routes secondaires pendant le reste du voyage. À l'est du Missouri, il rencontra de fortes pluies, mais il était pressé par le temps et força l'allure, son ciré jaune claquant au vent. La nuit le surprit à la frontière de l'Iowa.

Il lança un regard à sa vieille camarade, flattant de la main le réservoir d'essence. Le moteur était boulonné directement sur le cadre, et il sentait les vibrations se propager dans tout son corps. « Laisse-toi aller, ma vieille, montre-nous de quoi tu es capable pour ton trente-septième anniversaire. » La Shadow répondit immédiatement et bondit comme un animal sauvage sur l'asphalte mouillé, ses phares balayant la route sinueuse bordée d'arbres.

L'accident eut lieu dans les collines à l'est de Sioux City. Le semi-remorque dérapa dans un virage masqué, se déportant sur la voie de gauche. La visière de Michael était embuée, et il y voyait moins bien la nuit qu'autrefois. Il cligna des yeux, tentant désespérément de percer l'obscurité. Le camion roulait trop vite. Sentant son véhicule glisser, le chauffeur à moitié ensommeillé recouvra brusquement ses esprits et aperçut le ciré jaune qui flottait à cent mètres devant la mascotte plantée sur son capot.

Aveuglé par les phares, voyant le camion se rapprocher, Michael sut qu'il n'avait pas la place de coucher sa moto et de glisser sur le côté. Étrangement, la vision de Jellie et d'un tigre lui traversa l'esprit, puis il quitta la route et se dirigea droit vers les arbres à cent dix à l'heure. Tache jaune cahotant dans l'enchevêtrement de la forêt... accrochée au guidon, freinant désespérément, propulsée au milieu d'éclairs, de visions où se mêlaient les tigres et Jellie, Jellie offerte, ses seins et son ventre tendus vers lui et vers le tigre ; il sourit et, pendant un court instant, une seconde folle et éphémère, il crut l'emporter sur le destin. Jusqu'à ce que la tache jaune s'envole comme un papillon.

Il reprit connaissance sur la civière, dans le bourdonnement des appareils de réanimation auxquels il était relié. Un ronronnement ténu et régulier. Parfois une machine se déclenchait, et le bruit s'intensifiait désagréablement.

Il était dans un sale état. Les médecins lui exposèrent brutalement les faits : pelvis en morceaux, les deux bras cassés, fracture ouverte à une jambe, diverses lésions internes. Peu de chances d'en réchapper. Il s'efforça de faire face à cette réalité et de tenir bon jusqu'à l'arrivée de Jellie. Il voulait la revoir. Il se concentra sur son visage, se représenta ses traits, l'imagina calme et souriante, et le lendemain matin il était toujours en vie.

Derrière la porte de sa chambre, à l'entrée du service de réanimation, il entendit vaguement une voix affolée. « Où se trouve Michael Tillman, je vous en prie, je suis sa femme. » Sa femme – il n'avait jamais pensé à Jellie de cette façon.

Elle se pencha sur lui. « Oh, Michael... Michael. Je suis venue aussi vite que j'ai pu. Michael, tu vas te rétablir et je resterai toujours à tes côtés, je m'occuperai de toi. Ne t'inquiète pas, tout ira bien.

– Jellie, touche mon visage. » Un tube plongeait dans sa gorge et il parlait difficilement, d'une voix rauque et presque inaudible, mais elle comprit ce qu'il voulait et lui caressa la joue. Il sentit des larmes, de grosses larmes, jaillir de ses yeux. Il ne s'apitoyait pas sur lui-même... non. C'était autre chose. Il sentait le contact de sa main sur son visage et songeait à quel point il l'aimait. Ils ne feraient plus jamais l'amour joyeusement, comme autrefois, il ne l'emmènerait plus à Heron Lake à l'arrière de la Shadow, ils ne s'assiéraient plus sur la véranda du Lake Palace, attendant de voir apparaître les tigres par un matin brumeux, comme ce jour déjà lointain où la vie s'était mise à lui sourire.

Jellie cherchait en vain à lui dissimuler ses propres larmes. Il resta plongé dans un demi-coma pendant de longs jours, mais sa vieille carcasse décida de lui donner une nouvelle chance et, un mardi matin, il cligna des yeux dans la lumière d'un ciel pluvieux. Elle était assise près de lui et elle le regarda en souriant. « Heureuse de te voir de retour, Michael. »

En quelques semaines Michael fut sur pied, engoncé dans ses plâtres comme un bonhomme de neige. Il ne fut pas un convalescent facile, impatient de bouger alors que son état l'obligeait au repos. Dès que les pansements furent ôtés, il se mit en tête de se remuscler au plus vite et Jellie, en rentrant de l'université, où elle avait obtenu un poste de vacataire, le retrouvait en train d'essayer de faire des tractions ou des abdominaux.

« Pour l'amour du ciel, Michael, je m'évertue à te soigner, et tu ne fais rien pour m'aider. J'ai mes cours, la maison à tenir, toi dont je dois m'occuper, et plus une minute à moi. Montre-toi au moins coopératif, ne cherche pas à brûler les étapes. Et ne me regarde pas avec cet air de môme buté ; j'ai trop de travail pour me laisser attendrir.

– Je me sens inutile, c'est tout. Et complètement avachi, aussi, à force de rester sans rien faire.

– Essaie de t'imaginer en train d'exécuter un formidable tir en suspension, Michael. Sème ce que tu récolteras plus tard.

– Trop rationnel, mademoiselle l'infirmière, trop rationnel.

– C'est toi le logicien, sauf quand il s'agit d'appliquer cette logique à toi-même.

– Ça me ramène au niveau du commun des mortels, pas vrai ? C'est la première fois que cela m'arrive, et ça ne m'enchante pas.

– Que cela t'enchante ou non, il faut que j'aille à la bibliothèque. J'ai besoin de six heures de tranquillité pour préparer mon cours de topographie. »

Elle enfila son manteau et partit en coup de vent. Deux heures plus tard elle téléphonait d'une cabine : « Tu vas bien ?

– Ouais. Le sale môme n'est plus de mauvaise humeur et va s'efforcer de rester sage. Navré pour la dispute. Bon sang, je suis entièrement responsable de ce qui m'est arrivé, et c'est toi qui supportes les conséquences de ma stupidité.

– Michael, je t'aime, je t'aime vraiment. Mais ce n'est pas toujours aisé. Tu me comprends, n'est-ce pas ?

– Bien sûr. As-tu vraiment besoin de rester six heures absente ?

– Non. Je cherchais seulement à m'échapper de la chambre de rééducation de Walnut Street. Je vais rentrer plus tôt. »

Peu à peu, Michael put à nouveau taper à la machine, ses idées recommencèrent à prendre forme, et le soir l'écran de l'ordinateur brillait dans la pénombre. Au bout de trois mois, il sortit seul et, quelques semaines plus tard, il se remit à faire du jogging. La vie, les rires et l'amour reprirent leur cours.

Toutefois, Michael possédait une intensité, une

ardeur à laquelle il était difficile de s'accorder. Jellie l'avait déjà compris avant l'accident. On l'eût dit soumis à une pression constante, tendu vers les frontières de l'esprit et de la connaissance, des frontières qu'il redéfinissait au fur et à mesure, les repoussant plus loin chaque fois qu'elles semblaient à sa portée. Michael poursuivait obstinément sa quête, et Jellie l'aidait à retrouver les objets qu'il égarait par inattention : ses clés de voiture, son carnet de chèques, le brouillon de son dernier article.

« Michael, tu poses les choses n'importe où, et ensuite tu hurles : " Jellie, as-tu vu... ? "

– J'utilise la méthode du cheval perdu. » Il était en train de manger une pomme tout en cherchant vainement le chèque de son traitement du mois précédent, qu'il comptait porter à la banque dès qu'il aurait retrouvé les clés de la voiture et ses gants.

« Qu'est-ce que tu appelles la méthode du cheval perdu ? »

La pomme entre les dents, il éparpilla les papiers posés sur le réfrigérateur, marmonnant : « Si tu perds ton cheval, tu retournes d'abord à l'endroit où tu l'as vu pour la dernière fois et tu reprends à partir de là.

– Et si tu as oublié l'endroit où tu l'as vu ? Ton système ne marche pas.

– Mes méthodes ne sont pas infaillibles. » Il

sourit et jeta sa pomme entamée par-dessus son épaule, la rattrapant de l'autre main. « Aide-moi à trouver ce satané chèque, Jellie, pour que je puisse chercher mes foutues clés, après quoi j'essaierai de mettre la main sur mes gants. S'il te plaît, Jellie. Tu as en face de toi un invalide quand il s'agit de retrouver quelque chose. Tous les hommes sont atteints de cette infirmité ; c'est une des nombreuses faiblesses du chromosome Y. »

Jellie avait gardé son poste de vacataire à l'université et s'y plaisait. Michael supportait de plus en plus mal les contraintes de la bureaucratie universitaire, qui à ses yeux avaient pour seule contrepartie de lui assurer son pain quotidien. Jellie s'y pliait, suffisamment comblée par ses étudiants et ses recherches. C'était un univers nouveau pour elle ; Michael l'avait découvert plus de vingt ans auparavant.

En 1990, après bien des discussions, ils partirent s'installer à White Bear Canyon. Jellie s'y résolut non sans appréhension, s'obligeant à abandonner sa vie professionnelle pour suivre les errances de Michael. Mais il n'avait jamais été heureux à l'université, et elle espérait obtenir un poste d'enseignante à Spearfish. Leur nouvelle vie, calme et agréable, lui parut rapidement insipide. Michael pouvait et aimait travailler seul, Jellie avait besoin de faire partie d'une organisation, d'une structure au sein de laquelle elle était à même d'enseigner et de poursuivre ses recherches.

L'année suivante, elle se rendit seule en Inde. Jaya avait mis au monde un second enfant, avec difficulté, et elle avait besoin d'être entourée. Jellie resta plus longtemps que prévu. Deux mois, trois mois s'écoulèrent ; le charme de l'Inde opérait à nouveau, les gènes d'Elsa Markham la poussaient à tourner résolument le dos aux frictions de la vie en commun avec un homme difficile. Un architecte français d'Auroville l'invita à dîner. Il était séduisant, cultivé. Elle accepta une fois de l'accompagner à l'Alliance française mais refusa sa seconde invitation. Cela lui semblait malhonnête à l'égard de Michael. L'architecte continua à lui téléphoner. Il lui envoya des fleurs, des billets doux.

Bien qu'ignorant l'existence du Français, Michael était inquiet. Il téléphona : « Quand reviens-tu ?

– Je ne sais pas, dit-elle d'un ton neutre, réservé.

– Il y aura un poste pour toi à Spearfish à l'automne prochain. Ils ont téléphoné il y a deux jours.

– Je n'ai pas pris de décision pour l'instant. Je ne peux pas t'en dire plus. »

Spearfish, en échange des émotions d'une vie cosmopolite à Pondichéry. Les dîners à l'Alliance française, un homme prévenant et raffiné, à l'écoute des attentes d'une femme. Elle sortit de nouveau avec lui. Il voulait l'emmener à Paris, lui faire visiter la France. La vie semblait si simple, si facile. Et elle était près de Jaya et de ses petits-enfants, remplissant ce rôle de mère qu'elle n'avait jamais véritablement connu. L'université de Pondichéry lui offrit un poste à temps partiel, et elle faillit céder au Français, un soir où soufflait un vent chargé de la senteur des jasmins. Peu à peu, elle s'immergeait dans une existence différente, oubliant un quotidien qu'elle avait laissé loin derrière elle. La prochaine fois elle céderait à la tentation.

Michael téléphona à nouveau. Sa voix était plus froide que dans le souvenir de Jellie. Il avait longtemps vécu seul auparavant, il reprendrait ses habitudes, elle le savait. Il était venu la chercher en Inde autrefois ; il ne recommencerait pas. Lorsqu'ils se quittèrent au téléphone, sa voix changea, devint plus douce et emplie de tristesse.

« Tu me manques, Jellie/JahLAY. »

Et elle se mit à pleurer sans savoir pourquoi.

À Pondichéry, sous le soleil blanc d'un matin indien, la jetée se perdait dans une courbe au loin et semblait appartenir à un paysage méditerranéen. Le soir venu, les habitants venaient s'y promener, fuyant la chaleur qui montait des rues. Après sa conversation avec Michael, Jellie alla s'y asseoir un long moment. Accroché dans le ciel, le croissant jaune de la lune s'inclinait doucement en direction de la Birmanie.

Rentrée chez elle, Jellie contempla son reflet dans un miroir. Cinquante et un ans. Elle n'en paraissait pas plus de quarante, au dire de son soupirant français. Les hommes se retournaient encore sur son passage dans la rue. Elle brossa ses longs cheveux noirs, arrangea son foulard et revint vers le miroir. Elle murmura : « Jellie Markham... Jellie... la chanson est presque finie. Qu'est-ce que tu fabriques ici alors que le seul homme qui compte vraiment pour toi t'attend à l'autre bout du monde ? »

Deux jours plus tard, elle parcourait lentement une route aux environs de Thekkady, qui serpentait dans les montagnes. Dhiren semblait bien loin. Vingt-cinq ans s'étaient écoulés depuis ce jour de sang et de terreur, dans cette même poussière qui aujourd'hui couvrait ses pieds. La brise de l'après-midi soulevait ses cheveux tandis qu'assise sur un tronc, elle se remémorait son poète-guerrier, se rappelait ses caresses, le revoyait courant vers le couvert des arbres. Ce soir-là, elle alla rendre visite à la vieille Sudhana. Elles mangèrent un repas frugal et parlèrent du temps passé.

Chitra Dhavale accompagna Jellie à l'aéroport de Madras. « Tu vas me manquer, Jellie, mais il vaut mieux que tu rentres. C'était la bonne décision à prendre.

– J'ai mené une étrange existence, Chitra, tellement embrouillée. Irresponsable, également. » Jellie avait les larmes aux yeux. Elles se tenaient près de la porte d'embarquement.

Chitra l'entoura de ses bras. « Oui... étrange et embrouillée, et irresponsable par certains aspects, peut-être. Tout à la fois... et merveilleuse aussi. Mais tu as su prendre un envol flamboyant et atteindre les vents du sud. La plupart d'entre nous n'en sont pas capables. Avoir connu un grand amour dans sa vie est un bonheur inestimable. Tu en as connu deux. L'un à l'orée de tes vingt ans, et l'autre dans ta maturité de femme. »

Jellie sourit. « Et l'un était un poète-guerrier, l'autre un homme-moto. Que Dieu me vienne en aide ! » Un éclat de rire sécha ses larmes, et quarante minutes plus tard le vol d'Air India décollait. Chitra Dhavale vit l'éclat du soleil se réfléchir sur les ailes du 747 qui emportait son amie en direction du Dakota du Sud.

Jellie n'avait pas prévenu Michael de son retour et prit la limousine de l'aéroport de Rapid City qui l'emmena à travers les Black Hills. Sur la véranda du chalet de White Bear Canyon trônait une moto en pièces détachées, la Shadow II. Michael l'avait dénichée six mois plus tôt à un rassemblement de motards, et il était occupé à la remettre à neuf. Elle ne remplacerait jamais sa vieille compagne détruite dans l'accident, il le savait. Elle était le symbole de sa jeunesse, et sa disparition avait entraîné une partie de sa jeunesse avec elle.

Le chalet était désert, mais il y flottait une odeur de pipe. Dans la chambre d'amis, Jellie vit la valise de son père. Michael lui avait dit que Leonard Markham avait l'intention de venir pêcher la truite avec lui. Des boîtes de lignes étaient posées sur la table de la cuisine, près de la vaisselle, d'une bouteille de Jack Daniel's et de la casquette défraîchie de Michael qui portait l'inscription : *Les hommes dignes de ce nom ne capitulent jamais.* Elle lui en avait fait cadeau pour son anniversaire, juste après son accident. En lui tendant le paquet, elle avait dit : « Ça ne signifie pas que je capitule devant le bon vieux garçon que tu es. Comprends-moi. J'ai seulement pensé que cela t'amuserait. »

Elle resta une minute immobile, regardant autour d'elle. Il y avait quelque chose d'étrange à se retrouver là, mais de rassurant aussi. Perché sur le bureau de Michael, Casserole avait un peu vieilli.

Jellie s'en approcha et la caressa. Le chat s'étira et bâilla. Dehors, Malachi aboyait.

Le premier roman de Michael, *Voyages avec Pythagore*, était posé sur le bureau. Il l'avait écrit en empruntant le point de vue de la mère de Pythagore, qui, d'après la légende, accompagna son génie de fils dans ses voyages à travers l'Égypte et l'Asie Mineure. Le livre s'était assez bien vendu pour un premier roman : trente mille exemplaires. Elle s'en empara et lut la dédicace : *Pour Leonard Markham, qui m'a donné une femme à aimer.* À côté se trouvait le deuxième livre de Michael, un essai consacré aux implications philosophiques des mathématiques appliquées, *L'Algèbre de l'illusion.*

Sous ces ouvrages était glissé un manuscrit. Elle jeta un coup d'œil sur la page de titre – *Le Tigre du Matin.* Elle n'ignorait pas que Michael était hanté par le sentiment profond et inavoué de ne pouvoir remplacer Dhiren. C'était peut-être là sa manière de régler ses comptes.

Elle ouvrit la porte-moustiquaire à l'arrière de la maison et regarda à travers les arbres, en direction de la rivière qui coulait un peu plus loin. Sur la rive, son père fouillait dans son attirail de pêche. Michael, manches de chemise retroussées, cigare aux lèvres, marchait dans l'eau qui tourbillonnait autour de lui, prenant soin de ménager sa jambe blessée dans l'accident. Il avait cinquante-trois ans, et il savait qu'il en souffrirait pendant le restant de sa vie. Jellie eut un sursaut en le voyant trébucher et manquer de tomber, mais il se retint à un rocher au milieu du courant.

Il se redressa et commença à décrire des moulinets avec sa canne. Jellie Markham s'appuya contre le chambranle de la porte et le regarda, se rappelant sa conversation avec Chitra à propos d'envols flamboyants et de vents du sud, de poète-guerrier et d'homme-moto. Elle se mit à rire toute seule. Dieu me vienne en aide... Elle se changea, passa un pull, un jean et des tennis, et se dirigea vers la rivière. Malachi l'aperçut le premier et s'élança vers elle en aboyant. Leonard Markham entendit le chien, leva les yeux et agita un bras. Derrière lui, des gouttelettes d'eau jaillirent comme une gerbe de diamants de la ligne que Michael lançait dans le dernier rayon du soleil.

REMERCIEMENTS

Merci aux habituels souffre-douleur – Georgia Ann, Rachel, Carol, Shirley, Gary et Kathe, Susan, J.R., Linda, Mike, Bill, et Palm – qui ont la bonté de lire tous mes brouillons et m'offrent généreusement leurs commentaires. Et merci aussi à Maureen Egen et à l'équipe de Warner Books pour leur patience envers mes errances. Je m'en tiens à la formule standard : je leur dois les améliorations de mon travail, les faiblesses m'appartiennent. Et, bien sûr, merci à l'agence littéraire Aaron Priest et à tous les lecteurs qui ont permis que voie le jour cette vie étrange et solitaire des mots et de l'imaginaire.

IMPRIMÉ EN FRANCE PAR BRODARD ET TAUPIN
2954 – La Flèche (Sarthe), le 21-06-2000
Dépôt légal : juillet 2000

POCKET – 12, avenue d'Italie - 75627 Paris cedex 13
Tél. : 01.44.16.05.00